加拿大儿童自我保护能力培养绘本

了不起的我自己

（全6册）

图书在版编目（CIP）数据

绝不放弃 ：关于自尊的故事 /（加）凯瑟琳·科尔
著 ；（加）冷沁绘 ；李一慢，胡宜之译. —— 北京 ：北
京联合出版公司 ，2021.1
（了不起的我自己）
ISBN 978-7-5596-4826-6

Ⅰ . ①绝… Ⅱ . ①凯… ②冷… ③李… ④胡… Ⅲ .
①儿童故事 - 图画故事 - 加拿大 - 现代 Ⅳ . ① I711.85

中国版本图书馆 CIP 数据核字 (2020) 第 248266 号

了不起的我自己

著 者：[加]凯瑟琳·科尔
绘 者：[加]冷沁
译 者：李一慢 胡宜之
出 品 人：赵红仕
选题策划：北京天略图书有限公司
责任编辑：夏应鹏
特约编辑：钱凯悦
责任校对：杨时二
美术编辑：小虎熊

北京联合出版公司出版
（北京市西城区德外大街 83 号楼 9 层 100088）
北京联合天畅文化传播公司发行
北京盛通印刷股份有限公司印刷 新华书店经销
字数 30 千字 889 毫米 ×1194 毫米 1/16 10.5 印张
2021 年 1 月第 1 版 2021 年 1 月第 1 次印刷
ISBN 978-7-5596-4826-6
定价：120.00 元（全 6 册）

了不起的我自己

绝不放弃
关于自尊的故事

[加] 凯瑟琳·科尔 ◉ 著　[加] 冷沁 ◉ 绘

李一慢　胡宜之 ◉ 译

北京联合出版公司
Beijing United Publishing Co.,Ltd.

娜迪亚看着那辆崭新闪亮的自行车在路上左摇右晃。肖恩在车座上努力保持平衡，舌头都伸出来了。他看上去有点慌乱。

车的前轮左歪一下，右歪一下，看上去就像是这辆车在带着肖恩兜风，而不是肖恩在骑车。

娜迪亚不再想自己拿着的新跳绳。她可以待会儿再练。当肖恩摇摇晃晃地从她面前经过时，她朝肖恩挥了挥手。让她惊讶的是，肖恩还在用辅助轮。

他不太擅长骑车，她想。

她在一处绿草茵茵的斜坡上坐了下来，整整一年前，她爸爸就是在这里教会她骑自行车的。

娜迪亚还在看着的时候，卡马尔、约瑟夫、小琳骑着他们的自行车，和小琳的哥哥威廉一起过来了。他们也注意到了肖恩车上的辅助轮。很快，他们都开始取笑他。

"嘿，小男孩！你妈妈把你的宝宝三轮车收起来了？"卡马尔喊道。

"我见过马戏团小丑都骑得比你好。"约瑟夫也喊道。

小琳用胳膊肘碰了碰她哥哥，他们都笑弯了腰。

肖恩尽量不理睬他们。他看起来更慌乱了，但他继续骑着——直到一个辅助轮撞到一块石头。自行车翻了，肖恩摔到了地上。公园里响起阵阵大笑声。

　　娜迪亚不知道该怎么办。肖恩是她的朋友，她想告诉那些孩子不要那么刻薄。可是，对方四个人，自己一个人，娜迪亚什么也不敢说。

肖恩站起来，擦了擦膝盖上的伤。伤处很痛，但是，他扶起自行车，重新骑了上去。不要放弃，他告诉自己，你可以做到。

肖恩又试了一次……一次，又一次。他每一次摔倒，约瑟夫、小琳和卡马尔都会大笑。但是，肖恩每一次摔倒时都不理会他们，而是再次尝试。很快，这几个孩子就厌倦了嘲笑肖恩，跟着威廉走了。约瑟夫离开时，做了一个后轮独立的特技动作。

娜迪亚感觉很不好。她捡起绳子试着练跳绳，但今天她跳得甚至比昨天还差。她一听到肖恩摔倒，就会被绳子绊住。最后，她决定去找肖恩聊聊。

"很抱歉，他们伤害了你的感情。"娜迪亚说。

"没关系，"他说，"至少你没跟他们一伙。"

"很有关系，我应该帮你的。"娜迪亚低下了头，"你没事吧？"

"没事。而且你知道吗？我可能不擅长骑自行车，但我跑得很快，会跳绳，会阅读，还会……还会做各种各样的事情！你知道为什么吗？因为我从不放弃。他们可以嘲笑我，但我一定能学会骑车。"

一个想法开始在娜迪亚的脑中浮现，"你明天会来吗？"她问。

"当然，如果你带上创可贴，我就带上自行车。"肖恩试图笑一下，但他的碰伤和擦伤太疼了。

也许我会带来比创可贴更好的东西。娜迪亚想。

　　回到家，娜迪亚径直跑去找她父亲。"爸爸，"她说，"我需要你的帮助。"她把整件事从头到尾都告诉了他。说完，她哭了起来。"我太害怕了，没有阻止他们，所以我只是像个笨蛋一样坐在那里。肖恩一直在尝试，那几个孩子一直在嘲笑他。这太糟糕了。"

　　"你现在觉得自己不像个好朋友。"

　　娜迪亚点了点头。

　　"嗯，这让我很难过，因为你对自己的感觉非常重要。我们能做些什么让事情好起来呢？"

　　娜迪亚抽泣了一两声，然后把她的想法告诉了爸爸。

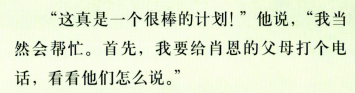

"这真是一个很棒的计划！"他说，"我当然会帮忙。首先，我要给肖恩的父母打个电话，看看他们怎么说。"

娜迪亚感觉好点了。她交叉手指，许了个愿："请让我的方法奏效吧！"她会带一些创可贴，只是为以防万一……

当娜迪亚和爸爸到公园的时候，肖恩已经在那里了。"这个工具箱是干什么用的？"他问。

"是这样的，我学骑自行车的时候，爸爸说是时候取下辅助轮了。我很害怕，但他给我演示了如何保持平衡。"

"你觉得呢，肖恩？"娜迪亚的爸爸问，"我应该取下你的辅助轮吗？"

"好……好吧，我是说……可以。我的意思是，没问题。当然可以，请吧！"

娜迪亚拍着手跳了起来。肖恩系紧了自己的头盔。

辅助轮很快就取下来了。娜迪亚的爸爸把自行车推到前一天娜迪亚坐过的草坡顶上。他告诉肖恩该怎么做。

"坐在车上，两只脚垂在两边，稍微离开地面。两只脚就成了你的新辅助轮。如果你向哪边有点倾斜，就用脚尖点一下地。到了坡底，当你想停下来时，就把双脚放到地上。明白了吗？"

肖恩点了点头，不知不觉中，他就在沿着平缓的斜坡平稳下滑了。在停下来之前，他只用脚点了一两次地。他简直不敢相信！

"再试一次！"娜迪亚喊道。他又试了一次，一次又一次。

很快，肖恩就完全不用脚点地了。他对自己的感觉好极了。

"现在你可以把脚放在踏板上了，" 娜迪亚说，"先不要蹬，只是把脚放在上面。当你溜到坡底时，像前几次那样放下双脚。"

肖恩深吸一口气，按照娜迪亚说的方法……他溜到了坡底，没有摔倒。肖恩非常兴奋，没有看到小琳、卡马尔和约瑟夫正在不远处张大嘴巴看着他。但娜迪亚看到了，她感觉棒极了。现在没有人再嘲笑肖恩了。

肖恩最后一次溜下草坡时，他的脚一直放在踏板上，可是，当他到了坡底慢下来时，他开始蹬了起来。车轮转动，自行车速度加快了，而且没有摇晃，没有倾斜，肖恩正在骑这辆崭新的两轮车！欢呼声在他的身后和前面响了起来。他感觉自己像个国王。

娜迪亚拿着自己的新跳绳跑下草坡。"现在你可以帮我了！"她说，"爸爸，你能和肖恩一起抡绳子吗？这样他就能告诉我该怎么跑进去了，肖恩跳绳很棒。"

　　"哎呀，我不会，"爸爸摇着头说，"我从来都不擅长跳绳。"

肖恩和娜迪亚笑了起来。"绝不放弃！"他们喊道。

　　"看我的，我来教你。"一个声音说，是小琳。在她身后站着约瑟夫、威廉和卡马尔。

　　不一会儿，大家就在一起玩了。每当娜迪亚顺利地跳进去而没被绳子绊到时，肖恩都会欢呼。当轮到娜迪亚的爸爸跳时，他摔倒了，大家都帮着把他扶起来。

"我有你需要的东西，爸爸。"娜迪亚说着，给爸爸擦伤的手肘贴了一块创可贴。"好了。现在再试一次！"

写给大人的话

关于自尊

自尊是一种自我价值感，是孩子们对自己的"内在感觉"。当孩子参与他们擅长的活动时，有助于培养他们的自信和对自己能力的欣赏。认可他们的努力和成就，有助于保持他们的自尊，并且还能鼓励他们不断进行尝试。自我感觉良好的孩子更可能发展积极的人际关系，并且在与他人的交往中不容易受到不公平对待。

帮助孩子培养自尊，父母们可以这样做：

- **爱他们：** 向孩子表达对他们的喜爱，花时间跟他们在一起，以此向孩子们表明他们是被爱并被接纳的。

- **和他们一起玩：** 创造一个安全、安心的环境，鼓励孩子们探索他们周围的世界。

- **尊重他们：** 对孩子要有现实的期待，增强他们的积极体验和成功体验。

- **欣赏他们：** 将孩子作为一个独立个体来接受，强化他们的长处和能力。要找机会谈论那些让他们对自己感到骄傲的事情。

- **与他们交谈：** 用积极的方式引导他们的行为，公平对待家庭中的所有孩子。

- **倾听他们：** 孩子需要感觉到自己在交谈中是有贡献的参与者，以便感觉到自己受重视和被尊重——这是自尊的两个关键要素。

凯瑟琳·科尔 ⊙ 著

　　凯瑟琳·科尔在童书领域工作了 45 年，她做过插画师、编辑、设计师和出版人。她的书获得过许多奖项，包括四次加拿大总督文学奖。凯瑟琳还在加拿大 BOOST 儿童保护中心志愿工作了 13 年，为父母们提供危机支持和法律援助，这让她十分了解孩子们每天面临的那些问题。她目前住在多伦多。

冷沁 ⊙ 绘

　　冷沁是一名设计师和插画家，出生于中国上海，之后移居加拿大。她喜欢描绘孩子们的天真，对童书有着浓厚的热情。曾获得 APALA 最佳绘本奖，入围加拿大总督文学奖。已出中文版作品有《平凡与非凡：简·奥斯丁的故事》《我家添了小宝宝》《过年》等。她和家人一起住在多伦多。

加拿大儿童自我保护能力培养绘本

了不起的我自己

（全*6*册）

图书在版编目（CIP）数据

大胆表达：关于沟通的故事 ／（加）凯瑟琳·科尔
著；（加）冷沁绘；李一慢，胡宜之译. —— 北京：北
京联合出版公司，2021.1
（了不起的我自己）
ISBN 978-7-5596-4826-6

Ⅰ．①大… Ⅱ．①凯… ②冷… ③李… ④胡… Ⅲ.
①儿童故事－图画故事－加拿大－现代 Ⅳ．① I711.85

中国版本图书馆 CIP 数据核字 (2020) 第 248200 号

了不起的我自己

著　　者：[加] 凯瑟琳·科尔
绘　　者：[加] 冷沁
译　　者：李一慢 胡宜之
出 品 人：赵红仕
选题策划：北京天略图书有限公司
责任编辑：夏应鹏
特约编辑：钱凯悦
责任校对：杨时二
美术编辑：小虎熊

北京联合出版公司出版
（北京市西城区德外大街 83 号楼 9 层　　100088）
北京联合天畅文化传播公司发行
北京盛通印刷股份有限公司印刷　　新华书店经销
字数 30 千字　　889 毫米 ×1194 毫米　　1/16　　10.5 印张
2021 年 1 月第 1 版　　2021 年 1 月第 1 次印刷
ISBN 978-7-5596-4826-6
定价：120.00 元（全 6 册）

大胆表达

关于沟通的故事

[加] 凯瑟琳·科尔 ◉ 著　　[加] 冷沁 ◉ 绘

李一慢　胡宜之 ◉ 译

北京联合出版公司
Beijing United Publishing Co.,Ltd.

克罗斯比老师在发作业。"既然你们对爬行动物都很了解了,"她说,"我有个惊喜给大家。先把这个作业做完,然后我会告诉你们。"

孩子们都安静下来做作业。很快，所有人都在画自己最喜欢的爬行动物。

所有人，除了卡马尔。他没有最喜欢的。一想到爬行动物，他的后背就发抖。他决定画自己最不害怕的——一只绿色小壁虎。他把它画得特别小。

卡马尔瞥了一眼他的左边，德文哼着歌，在画一条舌头又长又滑的科莫多巨蜥。"真可怕。"卡马尔咕哝道。德文正忙着边画边哼歌，没有回答。

　　卡马尔瞥了一眼他的右边，克莱尔最喜欢的爬行动物是一只巨大的长着难看嘴巴的鳄龟。"呃！"卡马尔打了个寒战，但是克莱尔没有看他，所以没有注意到。

　　"我的是一条大蟒蛇，看见了吗？"迪迪把画举到卡马尔的面前。

　　"太恐怖了！"卡马尔说着，伸手把画推开。

　　"哼，你的小壁虎也不怎么好看，"迪迪生气地说，"真粗鲁！"

　　这只是画，卡马尔告诉自己，真正的爬行动物生活在很远很远的地方。

然后，可怕的事情发生了。克罗斯比老师微笑着发给每人一张班级旅行同意书。"博物馆正在举办一个专门的爬行动物展览，我们大家一起去！"她说，"让你们的父母在表上签字，然后返还给我。别弄丢了。你们不会想错过这次旅行的。"

　　"是活的爬行动物吗？"小琳问。

　　"我们能拿在手里吗？"约瑟夫想知道。

　　"有蟒蛇吗？"迪迪问。

　　"是的，是的，是的！"克罗斯比老师回答说。所有人都欢呼起来。

　　所有人，除了卡马尔。"我不想去。"他说。但是，欢呼声淹没了他的话。他必须再说一次。

放学后，卡马尔没有急着回家。"卡马尔，你有话要说吗？"克罗斯比老师问道。

"没……嗯，是的……有点。"教室里很安静，克罗斯比老师正看着他，而且没有做别的任何事情。这是卡马尔告诉老师他害怕爬行动物的好机会，他深吸了一口气……然后张开嘴……"我喜欢你的衣服。"他说。

"谢谢你，卡马尔。就这些吗？"

"我也喜欢兔子……很喜欢。"

"兔子很好。"克罗斯比老师说。

"不像爬行动物。"卡马尔说。好啦，他说出来了。

"是的，不像爬行动物。你不会有点害怕爬行动物吧，是吗，卡马尔？"

她这样一问，让卡马尔觉得他不应该承认自己害怕。如果克罗斯比老师笑他怎么办？如果她告诉其他人怎么办？如果其他人取笑他，就像他取笑肖恩骑自行车那样怎么办？

"我怕？"卡马尔说，"当然不怕。要是需要的话，我能跟鳄鱼摔跤。"

克罗斯比老师咯咯地笑了起来，"好吧，你不必那样做——不管怎样，下个星期不用。祝你晚上愉快，卡马尔。"

卡马尔的夜晚
并不愉快。

他梦到了跟鳄鱼摔跤，

饥饿的大蟒蛇，

还有致命的巨蜥。

到了吃早饭时，他感到筋疲力尽。

　　然后他想起了旅行同意书，如果父母没有签字，他就去不成博物馆！他会想个办法把同意书弄丢，可是，他什么都还没有来得及做，妈妈已经打开了他的书包，要把午餐放进去。

　　"这是什么？"妈妈问，"你们又要班级旅行了？嗯，这个要七美元。"她伸手去拿钱包。

　　"太多了，妈妈。这些钱可以做更好的事，对吧？别签了。"卡马尔说，"我就和爷爷待在家里吧。"

　　"错过这次旅行？那可不行。亲爱的，你太贴心了，但这是将要伴你一生的回忆，很珍贵。"妈妈在同意书上签了字，写了支票，把它们塞进了书包。

　　　　　　确实会成为我的回忆。卡马尔想。

卡马尔又试了一次。他的爸爸正在用吸尘器打扫客厅。

"爸爸？下周我们班级要去博物馆看恐怖、恶心、长满鳞片的爬行动物，我……"

"那太好了，儿子，"爸爸边干活边说，头都没抬一下，"所有你这个年龄的孩子都喜欢这种东西。回来后和我讲讲吧。"

卡马尔叹了口气。也许，他的姐姐会倾听的。

卡马尔发现姐姐正在她的房间里戴着耳机听音乐，他挥挥手，叫姐姐的名字。"我害怕爬行动物。"他咕哝着说。

姐姐甚至都没注意到他，没希望了，卡马尔想，她可能飘到外太空去了。

到了学校，卡马尔把他的同意书交了。他不再试图告诉别人他有多害怕了，没人会听。而且，离博物馆之行还有五天，也许到那时，他会患上一种很严重的"爬行动物流感"。

到了班级旅行那天，每个人都很兴奋。校车在外面等着，同学们在穿外套和靴子。

这个时候，卡马尔心烦得甚至连夹克的拉链都拉不上了。他那天早上没有患流感。他已经把自己的问题告诉了所有人，但他们就是不明白。

卡马尔开始感到有点生气了。爸爸说得不对，不是所有他这个年龄的孩子都喜欢恐怖的、爬来爬去的东西。妈妈说得不对，这可不会成为珍贵的回忆。甚至

连克罗斯比老师说得也不对，他都在睡梦中跟鳄鱼搏斗一个星期了。没人在意他的感受吗？他的感受不重要吗？现在太晚了。

或者，现在晚了吗？

　　卡马尔砰的一声把他的靴子扔到地上。有几个孩子转过了头。

　　卡马尔站得笔直笔直的，又有几个孩子停止了交谈。

　　卡马尔深深地吸了一口气。他要再试一次。卡马尔直视着他的同学们，大声而清晰地说道："听我说！我有重要的事情要说。我害怕爬行动物，我不想碰它们，不想拿着它们，一点儿也不想靠近它们。我真的，真的，真的不想去看爬行动物展览！"

教室里一下子就静了下来。

没人动。

没人说话。

没人笑。

克罗斯比老师打破了沉默："卡马尔，上周你想告诉我的就是这个吗？"

　　现在，卡马尔觉得自己有点得流感了。他点了点头。

　　"很好，现在你说得明明白白了。做得不错，当着所有人的面说出来是需要勇气的。如果我承诺做你的搭档，在博物馆一直陪在你身边，你会和我们一起去吗？"

　　所有目光都集中在卡马尔身上。"也许……"他说着，站得更笔直了些，"我想我会去的。"

　　"这我就放心了，"克罗斯比老师说，"这样的话，当我们去看壁虎的时候，就会有一个勇敢的人陪在我身边了。我害怕壁虎。"

　　"真的？"卡马尔很惊讶，"你之前应该告诉我的！别担心，我做你的搭档，我们一起看。"

在校车上，德文举起手："克罗斯比老师，我也很勇敢。我害怕鲨鱼。"

"我恐高。"克莱尔说。

"我怕蜘蛛！"娜迪亚喊道。

"我怕有红点的大个儿紫色老鼠！"肖恩叫道。

"多么勇敢的一群孩子啊。"克罗斯比老师说。接着，同学们都傻笑了起来。

除了迪迪。"现在听我说，"她用她那大大的嗓门宣布，"我什么都不怕！这是真的。"

没人怀疑这一点。

参观快结束时，博物馆导览员问谁想抱一抱一只刚孵出来的鳄鱼。卡马尔立刻举起手说："我！我以前害怕鳄鱼，但现在我很勇敢。"可爱的鳄鱼宝宝挠了挠他的手。

此时此刻，卡马尔心想，真是一段珍贵的回忆。

写给大人的话

关于沟通

沟通是发送与接收语言和非语言信息的过程，它包括理解感受、认识到每个人都有在不侵犯他人权利的前提下表达自己感受的权利。当孩子们能得到他们需要的支持来谈论对他来说重要的事情时，他们会增强沟通的技能和信心。

培养孩子的沟通技能，父母们可以这样做：

- **与他们交谈**：给孩子大量参与交谈的机会。

- **听他们说：**要认可孩子说的话很重要。

- **尊重他们：**当你考虑孩子的感受时，他们也会懂得每个人的感受都应该被重视。

- **创造环境：**给孩子营造积极交流的氛围，确保各种观点和感受都能被公开表达。

- **引导他们：**认识到言语的强大力量，说话时谨慎选择用词。孩子们总是在听，即使你不是直接说给他们听的。

- **做好榜样：**孩子会注意到我们的语言和非语言交流中的不一致，要确保你说的话和你的表情以及身体语言相匹配。

凯瑟琳·科尔⊙著

凯瑟琳·科尔在童书领域工作了 45 年，她做过插画师、编辑、设计师和出版人。她的书获得过许多奖项，包括四次加拿大总督文学奖。凯瑟琳还在加拿大 BOOST 儿童保护中心志愿工作了 13 年，为父母们提供危机支持和法律援助，这让她十分了解孩子们每天面临的那些问题。她目前住在多伦多。

冷沁⊙绘

冷沁是一名设计师和插画家，出生于中国上海，之后移居加拿大。她喜欢描绘孩子们的天真，对童书有着浓厚的热情。曾获得 APALA 最佳绘本奖，入围加拿大总督文学奖。已出中文版作品有《平凡与非凡：简·奥斯丁的故事》《我家添了小宝宝》《过年》等。她和家人一起住在多伦多。

加拿大儿童自我保护能力培养绘本

了不起的我自己

（全**6**册）

图书在版编目（CIP）数据

奇怪的感觉 ： 关于触摸的故事 ／（加）凯瑟琳·科尔著 ；（加）冷沁绘 ；李一慢，胡宜之译 . — 北京 ：北京联合出版公司，2021.1
（了不起的我自己）
ISBN 978-7-5596-4826-6

Ⅰ．①奇… Ⅱ．①凯… ②冷… ③李… ④胡… Ⅲ．①儿童故事–图画故事–加拿大–现代 Ⅳ．① I711.85

中国版本图书馆 CIP 数据核字 (2020) 第 248198 号

了不起的我自己

著　　者：[加] 凯瑟琳·科尔
绘　　者：[加] 冷沁
译　　者：李一慢　胡宜之
出 品 人：赵红仕
选题策划：北京天略图书有限公司
责任编辑：夏应鹏
特约编辑：钱凯悦
责任校对：杨时二
美术编辑：小虎熊

北京联合出版公司出版
（北京市西城区德外大街 83 号楼 9 层　　100088）
北京联合天畅文化传播公司发行
北京盛通印刷股份有限公司印刷　　新华书店经销
字数 30 千字　　889 毫米 ×1194 毫米　　1/16　　10.5 印张
2021 年 1 月第 1 版　　2021 年 1 月第 1 次印刷
ISBN 978-7-5596-4826-6
定价：120.00 元（全 6 册）

了不起的我自己

奇怪的感觉

关于触摸的故事

[加]凯瑟琳·科尔 ◉ 著　　[加]冷沁 ◉ 绘

李一慢　胡宜之 ◉ 译

 北京联合出版公司
Beijing United Publishing Co.,Ltd.

克莱尔跺着脚说："我永远也踢不好！"

"你会的！"伊恩教练说，"记住！新技巧需要练习。"

克莱尔又试了一次。她往前一跑，飞起一脚，可是球偏了，没有进球门。

"就差一点儿，"伊恩鼓励道，"继续练习。"他一边喊，一边匆忙地往地上放锥筒，好让孩子们练习带球。

克莱尔皱起了眉头。差一点
儿就是还不够好，她想。肖恩和娜
迪亚跟她一个队，也许他们能告诉
她问题出在哪儿。

"你能帮我吗？"她问肖恩。

"当然。"肖恩说，然后他试了一下。但他其实并没有比克莱尔好多少。

伊恩放好锥筒，回来了。"练得怎么样？"他问。

"不怎么样。"克莱尔的眉头皱得更紧了。

伊恩笑了。"我来帮你。"他让肖恩去和其他孩子一起练习绕锥筒带球。

伊恩把球放在克莱尔前面。他看着她用力踢了一脚，球从她的鞋尖飞了出去，偏了。

"看见了吗？球不该踢向那儿的。"她说。

　　伊恩弯下腰，用手握住克莱尔的脚，稍微转了一下。"试试多用一点脚的侧面。"他站起来，对她微笑着说，"这么漂亮的脸可不能皱眉头。来，笑一笑。"

克莱尔不介意别人说她漂亮，但漂亮和踢足球一点关系都没有。她有一种奇怪的感觉。她没有笑。当她朝其他孩子走去时，伊恩拍了拍她的后背。

几分钟后，哨声响起，练习结束了。"练得很好，队员们，"伊恩说，"下周见。"

孩子们和自己的父母一起匆匆离开了。

克莱尔的妈妈正在球场的另一边和别人说话，克莱尔收起自己的运动衫和水瓶，坐在草地上等着。然后，伊恩走了过来，坐在了她旁边。

　　"如果你下星期早点来，我会给你更多一对一的指导。还有，克莱尔！别把足球看得那么严肃。练足球应该很有趣的！"他胳肢了一下克莱尔。克莱尔不舒服地扭了一下，往旁边挪了挪。

　　"对不起，"他说，"但这其实是你的错。你看上去那么难过，让我想胳肢你一下。"伊恩说着，向她靠了过来，"如果你发誓保守秘密，我会告诉你一些事。"

　　"为什么是个秘密？"克莱尔问。

　　"因为其他孩子——可能还有他们的父母——如果发现你是我的明星队员，可能会不高兴。"

　　又来了，那种怪怪的感觉。只是这次是一种"咦呃"的感觉。

克莱尔的妈妈过来了。"对不起，亲爱的，让你久等了。"她说，"我们走吧，东西都带好了吗？"

当她们离开时，伊恩对克莱尔喊道："别忘了我说的。下次早点来，我们会踢得更好。"

"真好，伊恩教练提出给你额外的辅导。"克莱尔的妈妈说。

"我想是吧。"克莱尔说，但要保守伊恩胳肢她的秘密，让她感觉不太对。而且，为什么我是伊恩的明星队员？她心想，我连球都踢不直！克莱尔得好好想一想。她闷闷不乐地坐在门前的台阶上，直到妈妈叫她进去吃晚饭。

第二天上午课间休息时，克莱尔仍然很困惑。她决定跟肖恩和娜迪亚谈谈。

"伊恩教练让你们感到有点奇怪吗？"

"怎么奇怪？"肖恩问。

"他说我很漂亮，而且他总是摸我。昨天他告诉我这要保密。"

娜迪亚皱起了眉头："我爸爸说大人不应该让孩子对身体触摸保密。"

"发生什么事了？"肖恩问。

克莱尔不确定她是不是应该说，但她深吸了一口气，希望她的朋友们能理解。"伊恩摸我，胳肢我。他说我很特别——是他最喜欢的队员，但我不应该把这告诉别人，因为如果别人知道了会不高兴。但是，后来他说我需要额外的'一对一指导'。如果我是一个明星队员，为什么我需要额外的指导？"

"咦呃。"肖恩和娜迪亚同时说。

"你最好告诉你妈妈。"娜迪亚说。

"她认为伊恩很好,给我额外的指导。如果他真的只是好心呢?"

"那他怎么让你保密呢?"肖恩问。

"是啊!那是怎么回事?"娜迪亚补充道。

克莱尔不知道怎么回答,但是,娜迪亚说了保守有关触摸的秘密不好。

那天晚上，克莱尔去到姐姐的房间，把一切都告诉了她：触摸和秘密，伊恩和她单独在一起，以及她怎么成了他最喜欢的队员。"你怎么想的，安娜？"

"在我听来很奇怪，"安娜说，她握住克莱尔的手，"我们去告诉妈妈。"

"伊恩会因为我陷入麻烦吗？如果其他孩子因为我是他最喜欢的队员而恨我呢？"

"如果伊恩陷入麻烦，那是因为他，而不是你。没有人会恨你。我保证。"

在第三次讲了她的故事之后，克莱尔感到很不安，她不知道她是不是应该受到责备。"我该怎么做，妈妈？"克莱尔想知道。

　　"你已经做得很好了！"妈妈说，她给了克莱尔一个大大的拥抱，"你倾听了自己的感受，并且意识到它们很重要。我很高兴你告诉我这些，我相信你。"

　　"伊恩会生我的气吗？"

　　"亲爱的，不要担心伊恩。任何人都不应该让孩子们保守触摸的秘密，伊恩知道这一点。我为你和姐姐来找我感到骄傲。"

　　那天晚上，克莱尔睡得很好。

第二天是星期六，克莱尔叫肖恩和娜迪亚到她家后院一起踢足球。

玩了一会儿之后，他们停下来休息。

"嘿，克莱尔，那个秘密怎么样了？"娜迪亚问，"你告诉你妈妈了吗？"

"告诉了，"克莱尔说，"你说得对，她很高兴我告诉她了。你们一定猜不出下周谁来给我们当教练。"

"谁？"肖恩问。

克莱尔的妈妈端着柠檬水走了过来，
"我！"她笑着说，"不过，我很久没踢足球了。"
　　"你会很棒的，妈妈。"克莱尔说，"我们会
让你先练一练——现在。"

写给大人的话

关于触摸

　　正常的触摸是所有人际关系中不可或缺的一部分。更重要的是，要明确地告诉孩子，所有的触摸都是可以谈论的。那些知道自己有权利对别人触摸自己说"不"或进行质疑的孩子，会拥有宝贵的儿童防虐待技能。孩子需要大人帮助他们区分清楚哪些触摸令人感觉好，哪些令人感觉不好，以及哪些令人感觉不适。触摸对于孩子来说可能是个比较困惑的问题，因为成年人会传递出混乱的信息。例如，父母们会让孩子跟某人亲吻道晚安，即使孩子不想这样，或给孩子一巴掌惩罚他打兄弟姐妹。

　　帮助孩子学会谈论触摸，父母们可以这样做：

- **谈论触摸：** 跟孩子坦率地讨论各种不同的触摸，以及与这些触摸相关的感受。

- **表达尊重：** 和孩子谈论对他们身体的喜爱和尊重，以及对他们有权决定自己想要什么样的触摸的欣赏。

- **做好榜样：** 孩子需要知道，所有的感受都是可以的，不给彼此造成身体伤害也能解决问题。

- **没有秘密：** 要让孩子明白，任何人都不能要求他们保守任何形式的身体触摸的秘密——记住，所有的触摸都是可以谈论的。

- **听从身体的感觉：** 教孩子判断那种"咦呃"的感觉，帮孩子分辨哪些成年人是可以信任的，在遇到问题或出现担心时，可以跟这些人诉说。

- **关爱孩子：** 拥抱你的孩子——所有孩子都能从积极、有益的身体触摸中获益。

凯瑟琳·科尔 ⊙ 著

　　凯瑟琳·科尔在童书领域工作了 45 年，她做过插画师、编辑、设计师和出版人。她的书获得过许多奖项，包括四次加拿大总督文学奖。凯瑟琳还在加拿大BOOST 儿童保护中心志愿工作了 13 年，为父母们提供危机支持和法律援助，这让她十分了解孩子们每天面临的那些问题。她目前住在多伦多。

冷沁 ⊙ 绘

　　冷沁是一名设计师和插画家，出生于中国上海，之后移居加拿大。她喜欢描绘孩子们的天真，对童书有着浓厚的热情。曾获得 APALA 最佳绘本奖，入围加拿大总督文学奖。已出中文版作品有《平凡与非凡：简·奥斯丁的故事》《我家添了小宝宝》《过年》等。她和家人一起住在多伦多。

加拿大儿童自我保护能力培养绘本

了不起的我自己

（全**6**册）

图书在版编目（CIP）数据

这不是告密 ： 关于寻求帮助的故事 ／（加）凯瑟琳
·科尔著 ；（加）冷沁绘 ；李一慢，胡宜之译 ． —— 北京 ：
北京联合出版公司，2021.1
（了不起的我自己）
ISBN 978-7-5596-4826-6

Ⅰ ．①这… Ⅱ ．①凯… ②冷… ③李… ④胡… Ⅲ ．
①儿童故事－图画故事－加拿大－现代 Ⅳ ．① I711.85

中国版本图书馆 CIP 数据核字 (2020) 第 248386 号

了不起的我自己

著　　者：[加] 凯瑟琳·科尔
绘　　者：[加] 冷沁
译　　者：李一慢 胡宜之
出 品 人：赵红仕
选题策划：北京天略图书有限公司
责任编辑：夏应鹏
特约编辑：钱凯悦
责任校对：杨时二
美术编辑：小虎熊

北京联合出版公司出版
（北京市西城区德外大街 83 号楼 9 层　　100088）
北京联合天畅文化传播公司发行
北京盛通印刷股份有限公司印刷　　新华书店经销
字数 30 千字　　889 毫米 ×1194 毫米　　1/16　　10.5 印张
2021 年 1 月第 1 版　　2021 年 1 月第 1 次印刷
ISBN 978-7-5596-4826-6
定价：120.00 元（全 6 册）

了不起的我自己

这不是告密

关于寻求帮助的故事

[加]凯瑟琳·科尔 ◉ 著　　[加]冷沁 ◉ 绘

李一慢　胡宜之 ◉ 译

北京联合出版公司
Beijing United Publishing Co.,Ltd.

约瑟夫饿了。他的妈妈给他打包了一个鸡蛋沙拉三明治——他的最爱，还有一块巧克力蛋糕当甜点。他正打算咬一口三明治的时候，一个七年级的大孩子朝他这一桌走过来。

"是马丁！"德文悄悄在他耳边说，"快，把甜点藏起来！他总是抢人东西。"

"让我来看看，你们这些小家伙今天给我带了什么。"马丁边说边打量着食物。

约瑟夫试图用胳膊挡住他的巧克力蛋糕，但为时已晚。

"别藏了，小家伙。我看到了。把巧克力蛋糕给我。"

约瑟夫不敢说不，他交出了巧克力蛋糕。和他一桌的朋友们没有说什么，但约瑟夫很失望他没有捍卫自己。

那天是星期一。

星期二，午餐时间，马丁又来了。他径直走向约瑟夫。"今天的甜点是什么，小孩儿？"他问。

约瑟夫很不情愿地给他看自己舍不得吃的三块巧克力饼干。

"还不赖，"马丁说，"哦！再瞧瞧这儿！意大利香肠奶酪三明治！把它给我。你可以留着胡萝卜。"马丁拿着约瑟夫的大部分午餐走了。

德文给了约瑟夫一些芹菜，让他和胡萝卜一起吃。这是星期二的事。

第三天，约瑟夫决定在男洗手间吃饭，不去餐厅了。他不想再失去一顿午餐。他还没来得及吃，洗手间的门突然打开了。

"我想我看见你进来了。你以为你能躲开我吗？"马丁抓起约瑟夫的午餐袋，把它举得高高的。

"还给我！"约瑟夫要求道，"否则我会……我会……"

小霸王笑了："否则你会怎样？"

约瑟夫很害怕，但他也很愤怒。他低下头，径直冲向马丁。但没等反应过来，约瑟夫就倒在了洗手间的地板上，马丁拿着他的午餐准备离开。"你要是告密，你会后悔的。"他说。

星期三，约瑟夫饿着
肚子、头疼着回家了。

星期四，约瑟夫让卡马尔陪他一起去洗手间。卡马尔去了，但当马丁出现时，卡马尔跑了。约瑟夫也跑了，跑到校园偏远的角落吃他的午餐。

"你为什么在外面吃饭，约瑟夫？"校园值班老师问道。

约瑟夫鼓起勇气。或许说出来他不会后悔。说出来总比一个人吃饭好。他只要不提马丁的名字就行。"吃午饭的时候我不喜欢被打扰，"他告诉她，"而且有人……"

就在这时，有一个女孩摔倒了，伤到了膝盖，值班老师匆匆离开去帮忙。"抱歉，约瑟夫！"她转过头喊道，"享受你的独处时光。"

约瑟夫并不享受他的独处时光。他感到非常……*孤独*。

　　到了下午课间休息的时候，约瑟夫别的什么事都想不了了。他遇到了一个大麻烦，他需要帮助，但他怎样才能得到帮助呢？告诉校园值班老师没起作用，他能向谁求助？妈妈？班主任？同学？

　　妈妈在上班——他需要在学校这儿的人。班主任今天请病假，约瑟夫还不认识代课老师。他的同学们即使想帮忙，也都不敢帮。然后，他想到了一个主意。他不必告密就能得到泰特先生的帮助，泰特先生总是说孩子们可以随时去找他。

　　约瑟夫敲响了校长室的门。

泰特先生打开了门，并邀请约瑟夫进来。约瑟夫深深地吸了一口气："您有文具室的备用钥匙吗，泰特先生？我在想，我能不能在午餐时间借用它大概一个星期……拜托了。"

泰特先生很亲切，但他的回答是不。"约瑟夫，"他说，"告诉我你为什么想那样做也许更好。你一定有很好的理由。"

一开始很难，但约瑟夫一旦开始说，整件事就变得越来越容易讲述了。泰特先生仔细地听着。"你知道这个男孩的名字吗？"他问。

"他叫马丁，但他对我说，如果我告密，我会后悔的。"

泰特先生往前坐了坐，"约瑟夫，'告密'和'告诉'有很大的不同。当我们告密的时候，我们是试图让某人陷入困境。但是，当我们告诉的时候，我们是要获得帮助。重要的是要记住，有人需要帮助。这一次，那个人就是你。你明白吗？"

"我想是的，"约瑟夫回答，"但我还是不能在餐厅吃饭，也不能用男洗手间。"

泰特先生笑了："不，你可以。学校对每个人来说都应该是一个安全的地方，我的工作就是确保它的安全。"

"但是——"约瑟夫还想说什么。

"别担心，你把整件事情告诉我是对的。为什么我明天不去餐厅转转呢？马丁不必知道我为什么会在那里。"泰特先生说完，送走了约瑟夫。

　　星期四真是漫长的一天。但即使这样，约瑟夫还是感觉好多了。他说出了自己遇到的问题，而且他相信泰特先生能够提供帮助。

星期五中午，约瑟夫像泰特先生说的那样去了餐厅吃饭。当然，马丁就在那儿，等着欺负他。

"嘿，小家伙。你昨天溜掉了。"马丁走向约瑟夫，"今天你最好有什么特别好吃的东西给我。"

约瑟夫往后挪了挪。

"哦，你最好别动。你可以跑，但你躲不掉的。"

就在这个时候，餐厅的门开了，泰特先生走了进来。"为什么约瑟夫想跑，想躲起来，马丁？你能解释一下吗？"

那个小霸王倒抽了一口气。在泰特先生的旁边站着，马丁看起来也没有那么高，那么可怕了。

　　泰特先生转向约瑟夫说："坐下来，享受你的午餐，约瑟夫。我和马丁要在我的办公室吃饭，找出一个对每个人都更好的办法。祝你今天愉快。"

星期五，约瑟夫过得非常愉快。

写给大人的话

关于寻求帮助

　　如何以及从何处寻求帮助，涉及到能够识别哪些人可以提供支持和鼓励，并向他们求助。这样的支持系统可能包括教师、医生、护士、律师、警察，以及家人、朋友、亲戚和邻居。重要的是，要相信自己的感觉，它能够在你决定为自己或他人寻求帮助时指引你。寻求帮助的好处在于，你会感觉更好，开始信任别人并建立自信。坚持寻求你所需要的帮助，不管你得为此请求多少次，能够帮助解决问题。

　　让孩子学会更自如地寻求帮助，父母们可以这样做：

- **确认可信任的人：** 跟孩子谈一谈，确认他们可以向哪些人寻求帮助。要让孩子意识到，他们选择的必须是他们信任的人。

- **谈论秘密：** 和孩子讨论"秘密"和"意外"的区别——要强调，任何人都不能要求孩子们为任何形式的身体接触保守秘密。

- **始终相信自己的感觉：** 跟孩子强调，如果他们需要帮助，他们应该相信自己的感觉，并和别人交流，即使谈论这些事可能让他感觉尴尬、困惑或害怕。

- **做出榜样：** 让孩子看到朋友、亲人之间寻求帮助的不同方式。

- **坚持告诉别人：** 鼓励孩子们坚持告诉别人，直到有人帮助他们，以赋予孩子们为自己和他人寻求帮助的力量。

凯瑟琳·科尔 ⊙ 著

凯瑟琳·科尔在童书领域工作了 45 年，她做过插画师、编辑、设计师和出版人。她的书获得过许多奖项，包括四次加拿大总督文学奖。凯瑟琳还在加拿大 BOOST 儿童保护中心志愿工作了 13 年，为父母们提供危机支持和法律援助，这让她十分了解孩子们每天面临的那些问题。她目前住在多伦多。

冷沁 ⊙ 绘

冷沁是一名设计师和插画家，出生于中国上海，之后移居加拿大。她喜欢描绘孩子们的天真，对童书有着浓厚的热情。曾获得 APALA 最佳绘本奖，入围加拿大总督文学奖。已出中文版作品有《平凡与非凡：简·奥斯丁的故事》《我家添了小宝宝》《过年》等。她和家人一起住在多伦多。

加拿大儿童自我保护能力培养绘本

了不起的我自己

（全6册）

图书在版编目（CIP）数据

我该怎么办 ：关于选择的故事 ／（加）凯瑟琳·科尔著 ；（加）冷沁绘 ；李一慢，胡宜之译 . — 北京 ：北京联合出版公司，2021.1
　　（了不起的我自己）
　　ISBN 978-7-5596-4826-6

　　Ⅰ．①我… Ⅱ．①凯… ②冷… ③李… ④胡… Ⅲ．①儿童故事 - 图画故事 - 加拿大 - 现代 Ⅳ．① 1711.85

中国版本图书馆 CIP 数据核字 (2020) 第 248139 号

了不起的我自己

著　　者：[加] 凯瑟琳·科尔
绘　　者：[加] 冷沁
译　　者：李一慢　胡宜之
出 品 人：赵红仕
选题策划：北京天略图书有限公司
责任编辑：夏应鹏
特约编辑：钱凯悦
责任校对：杨时二
美术编辑：小虎熊

北京联合出版公司出版
（北京市西城区德外大街 83 号楼 9 层　　100088）
北京联合天畅文化传播公司发行
北京盛通印刷股份有限公司印刷　　新华书店经销
字数 30 千字　　889 毫米 ×1194 毫米　　1/16　　10.5 印张
2021 年 1 月第 1 版　　2021 年 1 月第 1 次印刷
ISBN 978-7-5596-4826-6
定价：120.00 元（全 6 册）

了不起的我自己

我该怎么办

关于选择的故事

[加] 凯瑟琳·科尔 ● 著　　[加] 冷沁 ● 绘

李一慢　胡宜之 ● 译

北京联合出版公司
Beijing United Publishing Co.,Ltd.

　　地上有一道银光吸引了约瑟夫的目光。然后，一阵风把几片枯树叶从他身边刮走了。约瑟夫走近一看，他看到两枚硬币在阳光下闪闪发光。而那几片"树叶"实际上是五美元的钞票——一共三张！

"看！"他对德文说，"钱！"他追上钞票，又捧起硬币——一枚二十五美分和一枚十美分。"我发财了！"他数了数钱，"十五美元三十五美分。"

德文不确定算得对不对，但他知道约瑟夫正拿着很多钱。"哇，"他问，"你打算怎么办？"

"我还不知道，"约瑟夫说，"我可能会花一点，留一点。"

"也许你应该交到办公室，"德文说，"肯定是有人在这儿丢了钱。"

"没门，"约瑟夫说，"就像我常说的，谁发现就算谁的。"

"可谁丢钱谁会哭的。"德文喃喃自语。

约瑟夫和德文是好朋友，他们干什么都在一起。德文看得出他的朋友得到这笔钱有多高兴，但当约瑟夫把钞票塞进他自己的口袋时，德文觉得有些不对劲。德文又试了一次。

　　"想想看，约瑟夫，"他说，"有人丢了那笔钱，也许还是我们认识的人。把它交到办公室吧，我们应该想办法找出这是谁的钱。"

"现在是我的了。你只是希望你自己才是发现钱的人吧，"约瑟夫说，"要不这样，分你五美元，我们俩就都有钱了。"

德文想要这五美元，而且他也不想失去朋友。他想了想，也许我们不知道谁丢了钱；也许丢钱的那个陌生人真的很有钱，不在乎这点钱；也许是哪个好心的有钱的陌生人故意把钱留在这儿，好让哪个小孩子能够找到……也许这只是好运。运气好没什么错。

德文正准备收下钱的时候，小琳和克莱尔从他们身边走过。她俩走得很慢，眼睛盯着地面。小琳在抽泣。

"你看到了吗？"德文问，"她们在找东西，我敢说……"

就在这时，上课铃响了，上午课间休息结束，每个人都匆匆走进教室。约瑟夫假装没看见小琳和克莱尔，但德文知道他看见了。

阅读课上，小琳看上去很伤心。克罗斯比老师问她是不是哪里不舒服。小琳没回答，克莱尔大声说道："小琳伤心是因为她弄丢了给她妈妈买生日礼物的钱。她存了好几个星期的零花钱，但是钱从她口袋里掉出去了。"

　　"或者被偷了。"迪迪说。德文看向约瑟夫，约瑟夫看着地面。

　　"总之，"克莱尔继续说，"小琳和她哥哥本来打算放学后去买礼物，但现在她妈妈什么礼物也收不到了。小琳丢了十五美元三十五美分。"

　　"你最好给她做一张非常漂亮的贺卡。"迪迪说。

克罗斯比老师提高了声音。"也许被某个诚实的人捡到了，"她说，"德文，你愿意陪小琳一起去办公室，看看钱是否已经被交上去了吗？"

德文慢慢地站起身。约瑟夫在他的朋友站起来的时候把橡皮掉到了地上。他在德文身边弯下腰去捡橡皮。"别说出来，"他小声说，"他们会认为是我拿走的。"

德文往外走着。谁丢钱谁会哭的，他一边看着满脸泪痕的小琳，一边想。

当然，钱不在办公室，它在约瑟夫的口袋里。德文不知道该怎么办才好。他是约瑟夫的朋友，但小琳也是他的朋友。他应该告发一个帮助另一个吗？如果大家真的认为是约瑟夫偷了钱怎么办？拖得越久，约瑟夫就越像个小偷。

　　到了午餐时间，德文看起来也快哭了。克罗斯比老师让他在铃响后留一会儿。

　　约瑟夫担忧地看了德文一眼。"我会在餐厅给你留个座位，德文，"他说，"因为好朋友总是在一起，对吧？"

只剩他们俩的时候，克罗斯比老师在德文身边坐下来。"德文，你看起来跟小琳一样难受她丢钱的事。你有什么想告诉我的吗？"

　　"嗯，我真的想告诉你……可我又不想告诉你，"德文说着，他的喉咙开始刺痛，"这是我的问题。我没有捡到钱，如果你是这个意思的话。"

克罗斯比老师直视着德文。"不，我不是这个意思。"她和蔼地微笑着，等待着。这种沉默让德文想说的更多，而且他一旦开始说，就停不下来了。

"如果你有一个好朋友，而那个朋友没有拿走钱，但他捡到了钱，你会怎么办？如果这个朋友说'谁发现就算谁的'，还打算和你分享这些钱呢？如果你的另一个朋友丢了钱，她真的真的很伤心……你为两个朋友都感到难过，但你又不想告密，你会怎么做？还有——"

"深呼吸一下，德文，"克罗斯比老师说，"我想我明白这个问题了。你知道我还怎么想吗？我想这个问题是：如果是你的钱丢了，你希望别人怎么做？"

德文耸耸肩："我希望他们把钱还给我，只要他们不会因为捡到钱而惹上麻烦。"

"你能告诉我这些，就已经做了一个很好的选择。也许你也可以帮助你的朋友做一个很好的选择。"克罗斯比老师站起来，走向她的办公桌，拿出一个白色的信封，递给德文，她说，"这个可能会有用。告诉你的朋友这是个暗示。"

德文不确定这个暗示是什么，但他还是接过了信封。他离开的时候，克罗斯比老师说："顺便说一下，德文，我现在也要去吃午饭，所以如果你需要什么，我一时半会儿回不来。"

"你告发我了吗？"德文一坐到约瑟夫身边，约瑟夫就想知道。

"没有，"德文说，"但你得想办法把钱还给小琳。"

"我们怎么知道这些钱真的是她的？"

"约瑟夫！正好是十五美元三十五美分。小琳给她妈妈买礼物的钱就是这么多。她就在你捡到钱的地方找的。这是她的钱，你知道。"德文深吸了一口气，"我是你的朋友，但如果你不把钱还回去，我必须要说出来。你选择吧。"

约瑟夫叹了口气，"我再也不想要这些钱了。但是，如果小琳认为是我拿走的怎么办？我应该早点说些什么的，现在看起来……"

德文想起了他手里还拿着信封。突然，他知道该怎么做了。"这是个暗示，"德文说着，把信封递给了约瑟夫，"还有一个暗示，我们的教室现在没人。"

德文留下约瑟夫一个人想一想。

那天下午，小琳的课桌上放了一个信封，里面有三张钞票和两枚硬币——一共十五美元三十五美分。大家都欢呼起来，小琳拍着手，她觉得自己是世界上最开心的人……但她不是。

德文比她更开心，克罗斯比老师也更开心。

而约瑟夫是最开心的人。

从他脸上的笑容就能看出来。

写给大人的话

关于做选择

　　做选择是一种在不同的选项中做出决策的能力。做选择时，孩子需要考虑每一个选项可能带来的积极后果和消极后果。帮助孩子停下来想一想他们面临的所有可供选择的办法，考虑一下每一个选项会对自己和他人产生什么样的影响，这将能够培养孩子做出健康选择的能力。孩子在任何年龄段都可以练习这个技能。当孩子知道他们可以寻求支持和帮助时，他们会发展出对自己能做出健康选择的能力的信心。

　　帮助孩子学习如何做出积极的选择，父母们可以这样做：

- **提供选择的机会：** 每天都给你的孩子机会，让他做一些适合其年龄的选择。

- **表达对他们能力的信心：** 让你的孩子知道，你相信他有能力做出合理的选择。

- **考虑他人：** 当你在做决定时要考虑孩子的感受。这样他们将学会在做决定时考虑别人。

- **尊重他人的选择：** 让孩子看到你会尊重他人的选择——只要他人的决定不危及别人的幸福，你就接受他们的决定。

- **考虑不同的观点：** 让孩子看到，你重视别人说的话，但也有信心做出适合自己的决定。

凯瑟琳·科尔 ⊙ 著

凯瑟琳·科尔在童书领域工作了 45 年，她做过插画师、编辑、设计师和出版人。她的书获得过许多奖项，包括四次加拿大总督文学奖。凯瑟琳还在加拿大 BOOST 儿童保护中心志愿工作了 13 年，为父母们提供危机支持和法律援助，这让她十分了解孩子们每天面临的那些问题。她目前住在多伦多。

冷沁 ⊙ 绘

冷沁是一名设计师和插画家，出生于中国上海，之后移居加拿大。她喜欢描绘孩子们的天真，对童书有着浓厚的热情。曾获得 APALA 最佳绘本奖，入围加拿大总督文学奖。已出中文版作品有《平凡与非凡：简·奥斯丁的故事》《我家添了小宝宝》《过年》等。她和家人一起住在多伦多。

《了不起的我自己》

教师手册

由加拿大 BOOST 儿童保护中心和凯瑟琳·科尔（Kathryn Cole）编写

天略童书馆 译

　　"了不起的我自己"系列适用于1—3年级(6—9岁)的孩子。

　　儿童虐待、欺凌和其他形式的人际暴力被认为是普遍存在的社会问题,尽管付出了很大努力预防,但仍然是一个让人严重担忧的问题。大多数学校的预防项目都专注于教给孩子们一些预防技巧,而这些技巧都假定孩子们足够自信并足够安全,能对任何伤害他们的人说"不"。这些项目还假定,当孩子们认识并信任的一个成年人虐待他们时,他们能够向其他人寻求帮助。诸如这样的期望对大多数孩子来说是不现实的,尤其是很小的孩子。

　　儿童虐待的动态研究表明,那些成为虐待目标的孩子之所以被选中,往往是因为他们恰恰难以说"不",或把自己受虐待的事告诉别人。那些低自尊、沟通技能欠佳、不理解如何以及到哪里寻求帮助的易受伤害的孩子,受虐待的风险更高。"了不起的我自己"系列的目的就是增强孩子们面对虐待情形的自我保护能力。通过建立孩子们的自尊、培养他们的沟通技能和做决定的能力、培养与他们的年龄相适应的对健康的人际关系的理解以及尊重他人的能力,就可以达到这个目标。

　　"了不起的我自己"系列包括六个不同主题的模块:自尊、沟通、触摸、寻求帮助、做选择、友谊。这些主题已经被确认对预防儿童虐待特别重要。那些知道如何表达自己并能在需要时寻求帮助的自信的孩子,更不太可能被当作虐待目标。

　　注意:虽然不是绝对必要,但按顺序进行每个模块是有益的,因为每一种能力会帮助增强下一种能力:一个拥有良好自尊的孩子更容易沟通自己的想法、担忧和关心的事情;一个能够有效沟通的孩子,在遭受不想要的触摸时,能更好地告诉自己信任的一个成年人;一个能意识到并识别不想要的感觉的孩子,会更有能力寻求帮助;一个得到帮助的孩子,能把事情想清楚并做出好的选择,从而在选择朋友和与别人做朋友时保持健康的关系。

　　班级里有时可能会出现突发情况,老师可以直接进行最能处理当时情形和主题的模块。

　　老师有义务向当地法律部门报告儿童受到虐待(身体、性、情感方面)和忽视的情形。

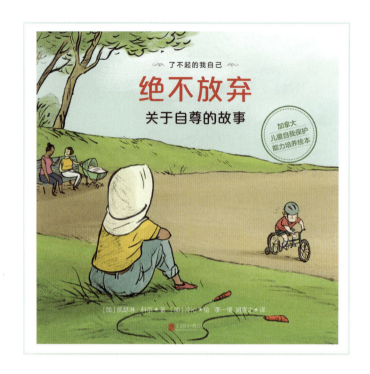

模块 1：自尊

　　自尊是健康成长的基础，通常可以定义为一个人的总体自我价值感或一个人对自己的感觉有多么良好。当孩子们参与能够发挥其长处的活动时，会帮助他们培养自信和对自己能力的了解。当孩子们通过相信自己而克服挑战，而且当他们感觉自己得到了他人的支持时，会增强他们积极的自我意识，并促进他们面对逆境的复原能力。

　　⭐ 在班里大声朗读这个故事。

重要信息

- 积极的自尊是健康的自我概念的一个基础因素。

- 自尊是指一个人对自己的感觉有多么良好，并且是总体自我价值感的一个指标。

- 自尊是可塑造的，并且，当孩子的长处得到认可，克服挑战的努力得到支持时，他们的自尊会增强。（要对孩子们说："绝不放弃！"）

问题讨论

注意：每个问题的示例答案或提示以楷体标出，供老师参考。这是为了确保涵盖主题的关键信息。

① * 你认为自尊是什么？
- 是我们怎样看待自己和对自己的感觉。
- 自尊有高低，取决于我们对自己的感觉。

② 肖恩是怎么运用他的自尊来坚持面对骑自行车的挑战的？
- 他运用了积极的自我对话——告诉自己不要放弃——并且不断尝试，不管别人怎么说。

③ 当其他孩子嘲笑肖恩的时候，你认为肖恩有什么感受？
- 肖恩感觉很不好、很伤心等等。

④ 在这种情景中，肖恩是怎么运用自尊来帮助自己的？
- 肖恩不理会那些嘲笑他的孩子，并且坚持一遍又一遍地尝试，没有放弃。

⑤ 你认为娜迪亚拥有高自尊还是低自尊？
- 高自尊，因为她没有放弃，并且为她所担心的事情寻求了帮助。

⑥ 在这个故事里，娜迪亚做了什么来增强自己的自尊？
- 娜迪亚跟一个能够给她帮助和支持的人谈了自己的担忧，并且主动为她的朋友寻求帮助。
- 她为了跳绳跳得更好而挑战自己。

⑦ 帮助别人会怎样增强我们的自尊？
- 帮助别人会让我们对自己感觉很好。

⑧ 在应对挑战时，我们可以怎样运用我们的自尊？
- 我们可以用自尊提醒自己继续尝试，不要放弃。

⑨ 当我们战胜挑战时，我们对自己会有怎样的感觉？
- 让孩子们分享一些个人的实例。

活动：自尊海报

建议年级／年龄范围：1—3 年级（6—9 岁）

活动目标：制作海报的目的是帮助孩子们了解增强自尊的不同因素（例如，积极的自我对话、克服挑战的毅力、长处等等）。完成后，每个孩子将展示自己的海报。

所需材料：

纸（纸张的大小取决于孩子们制作海报所需的时间）。

记号笔，彩色铅笔，蜡笔，颜料。

铅笔和橡皮。

准备时间：10—15 分钟

备齐所有材料，准备分发。

任务时间：50—60 分钟

时间可以调整，取决于孩子们除了制作和展示海报是否还有别的作业。

建议展示时间为 25—30 分钟。

开场讨论：

1. 向全班同学说明，他们将制作一张海报，来帮助增强他们的自尊。

2. 通过通读前面的"重要信息"，回顾自尊的概念以及为什么自尊很重要。

3. 让孩子们分别举例说明：

　　√积极的自我对话：指导孩子们写出他们可以用来鼓励自己的 2—3 条积极信息。

　　√我战胜的一个挑战：指导孩子们写出或者画出他们战胜的至少一个挑战，以及他们是怎么做的（还可以包括他们仍在努力克服的一个挑战）。

　　√什么让我对自己感觉良好：指导孩子们写出或者画出他们做过的让他们对自己感觉良好的 2—3 件事，或者拥有的 2—3 种品质。

　　√我的长处和成就：指导孩子们写出或者画出他们的 2—3 个长处或者成就（可以包括正在进行中的事情）。

4. 分发材料，并给孩子们时间描述他们最喜欢的例子。

5. 把全班同学召集到一起，或者分成 4—5 个人的小组，让每个人都有机会展示自己的海报。

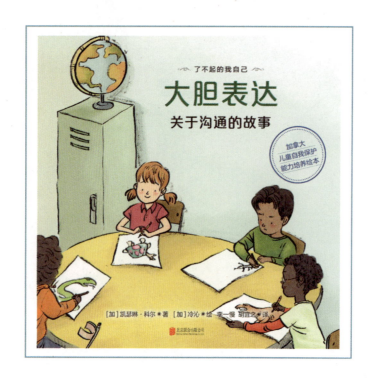

模块 2：有效沟通

沟通是发送与接收语言和非语言信息的过程。它包括理解感受，并认识到每个人都有权利在不侵犯他人权利的前提下表达自己。当孩子们能得到他们需要的支持来谈论对自己来说重要的事情时，他们会增强作为沟通者的技能和信心。他们还需要我们教给他们有效的沟通方法，帮助他们从值得信任的成年人那里寻求帮助。

★ 在班里大声朗读这个故事。

重要信息

- 沟通可以用语言，也可以是非语言的。

- 我们都使用语言和非语言的线索进行沟通，注意人们沟通的不同方式是很重要的。

- 为了确保自己的需要得到满足和得到所需的帮助，沟通需要做到清晰、明确。（要对孩子们说："要说你需要什么或者你想要什么。""如果你有重要的事情要说，要确保对方在听。"）

注意：每个问题的示例答案或提示以楷体标出，供老师参考。这是为了确保涵盖主题的关键信息。

❶ 在这个故事里，卡马尔在担心什么？

· 卡马尔不想去看爬行动物展览，因为他害怕爬行动物。

❷ 卡马尔尝试跟任何人说了他的问题吗？说出来是个好的选择吗？

· 是的，他尝试了告诉一些人，而且，说出来是个好的选择，这样他就能得到他需要的帮助了。

❸ 卡马尔尝试了告诉他的老师、父母和姐姐他在担忧什么。他成功了吗？为什么成功，或者为什么没有成功？

· 卡马尔尝试委婉地告诉他的妈妈，但妈妈不知道他真正的意思。（你可能想解释一下"委婉告诉"的意思。）

· 卡马尔尝试直接告诉他的爸爸和姐姐，但他们没有注意听。（你可能想解释一下"直接告诉"的意思。）

❹ 尽管一开始卡马尔似乎并没有成功，但他放弃了吗？

· 没有，卡马尔没有放弃，并且继续努力说出来。

❺ 为什么坚持说出来很重要，即使之前没有得到帮助？

· 有时候大人可能不理解你想要什么，或者可能在他们没有提供帮助的情况下认为自己已经提供了。

· 要坚持告诉别人，直到你得到你需要的帮助。

❻ 卡马尔是怎样通过语言和身体语言来委婉沟通的？

· 让孩子们看看卡马尔试图告诉他的老师、父母和姐姐时的那几个画面——他的身体语言看上去是什么样的？介绍语言沟通和非语言沟通的概念，以及我们怎样运用这两种方式来表达自己。

· 如果"委婉"和"身体语言"这样的词对孩子们来说是新词，要向他们解释这些词的意思。

❼ 最后，卡马尔清晰地表达了他想说的话吗？他是怎么说的？

· 是的，卡马尔直接、大声、清楚地说了出来。

· 卡马尔说："听我说，我有重要的事情要说，我害怕爬行动物，我不想碰它们，不想拿着它们，一点儿也不想靠近它们。我真的，真的，真的不想去看爬行动物展览！"

⑧ 当卡马尔终于说出他想说的意思时，他的身体语言是什么样的？

· 卡马尔稳稳地站着，清楚地说出了他想说的。（你可以展示第 20 页的插图。）

⑨ 当我们沟通时，我们怎么看出对方是不是真的在倾听我们？我们怎么核实？（你可以挑一个学生来演示一下这看上去是什么样。）

· 他们会关注我们，他们和我们有眼神交流，他们会边听边点头，等等。

· 我们可以通过问他们是否在听，以及是否理解我们在说什么，来核实他们是否在听。

⑩ *最后，卡马尔似乎赞同了妈妈说的爬行动物展览是一次"珍贵的回忆"。这意味着卡马尔对爬行动物感到害怕是不对的吗？

· 完全不是。卡马尔有权利拥有任何感受，而且他做出了正确的选择——说出来，并得到他所需要的帮助。正是因为卡马尔清晰、明确地说出了他的担忧并得到了支持，他才能克服他的恐惧。

· 即使卡马尔在故事的最后没有克服他对爬行动物的恐惧，那也完全没关系。他仍然做出了一个正确的选择——说出他的恐惧并得到帮助。

　　*注：要确保讨论问题 10，因为重要的是孩子们要认识到，即使他们没有立即克服他们的恐惧和担忧也没关系，只要他们和一个可以信任的成年人谈论了这些问题。要将这一点与前面讨论自尊时强调的"绝不放弃"联系起来：即使他们告诉的一个成年人无法帮助他们，他们也需要继续告诉其他人，直到得到他们需要的帮助。

活动 1：电话游戏

建议年级 / 年龄范围：1—3 年级（6—9 岁）

活动目标：这个活动的目的是帮助孩子们认识到语言沟通和非语言沟通都很重要，以及我们如何利用这两种方式来表达自己。活动的第一部分将讨论促进良好沟通的因素和请求澄清的重要性。

所需材料：

无。

活动描述：

1. 让全班同学围成一个圆圈。解释电话游戏：目标是顺着圆圈从头到尾成功地传递一个信息。重复说明一遍，以确保每个人都理解怎么玩这个游戏。

2. 在第一轮，除了确保孩子们理解游戏规则，不要给出任何关于如何有效地传递信息的提示。

3. 每一轮都从老师开始。对你旁边的孩子说一个信息，并让这个孩子小声传给他旁边的孩子，以此类推，直到信息传到你另一边的孩子，让那个孩子把信息大声说出来。

✓要确保选择的信息只有一句话的长度；内容可以根据与每个班相关的事情而变化。

4. 第一轮结束后，和全班讨论信息是否被成功传递。孩子们很可能在传递过程中会遇到一些障碍（例如，有人说得声音太大或太小，以至于其他人声称他们听到了或听不到，等等）。

5. 给孩子们一个机会讨论遇到的障碍，并问他们下一轮能做些什么来确保信息的成功传递（例如：缓慢而清晰地说出每一个字；在说完后，与沟通的对方进行眼神交流，以核实对方是否理解；如果需要，就重复说几遍；尊重地要求对方复述等）。

6. 再玩一轮或两轮，然后简单讨论一下每一轮哪些办法管用、哪些不管用，以及可以怎样来促进更好的沟通。让孩子们举几个能够促进良好沟通的语言和非语言线索的例子（例如：眼神交流，声音的大小，说话清楚等）。

总结讨论 / 展示：

7. 大约三轮结束后，就什么因素会帮助改善沟通，和孩子们进行一次总的讨论。将孩子们提到的因素写在黑板上或者挂纸上。

8. 要确保提到，当我们试图沟通什么事情时，重要的是不要让别人替你传话，因为这可能会改变你的话的意思。直接与你想对话的那个人沟通是很重要的。

9. 要确保强调，沟通的时候，我们需要清楚地说出并表明我们需要什么。我们还必须确保对方在倾听。要强调，作为听别人说话的人，我们需要充满尊重地关注对方在说什么，以及对方给出并表明的非语言线索。如果第一次没有理解，我们总是可以要求对方澄清。

补充说明：

当孩子们在游戏中遇到各种各样的障碍时，他们可能会变得很沮丧。开始时，要和他们讨论一下什么是尊重的行为，并在需要时回顾班级规则／约定。

有时候，传递的信息可能会在游戏中被某个学生故意改变。要将此作为一个教学生的机会，讨论一下当我们在现实生活中试图沟通一些重要的事情时，为什么可能会发生这种情况。要强调在整个游戏过程中互相尊重的重要性，以及通过遵守游戏规则来尊重全班同学玩游戏的权利的重要性。

要允许孩子们从游戏中获得乐趣，特别是当出现（恰当的）幽默信息，或者是在信息被无意混淆的时候。同时，要强调在现实生活中信息会如何被误传，并利用这个机会讨论在沟通时清楚地说出自己需要什么的重要性。

活动 2：猜感受

建议年级 / 年龄范围： 1—3 年级（6—9 岁）

活动目标： 这个活动的目的是向孩子们介绍非语言线索在沟通中起到的重要作用。在沟通的时候，每个人都会表现出独特的非语言线索。重要的是，要尊重这些线索的不同，并在需要时要求澄清，以确保沟通的清晰和有效。这个活动也是为了帮助孩子们了解不同的感受可能会让他们的身体有什么感觉，并增强他们对身体和情感之间联系的认识。

所需材料：

无。

准备时间： 5 分钟

想出孩子们可以在活动中表现的 4—5 个情感词（快乐、伤心、困倦、沮丧、兴奋、担心、害怕等）。

任务时间： 20—30 分钟

确保最后有时间进行一次关于非语言沟通的简短讨论。

活动描述：

1. 把全班同学召集到一起，告诉他们要玩一个叫"猜感受"的游戏。

2. 选三个孩子到前面来，在他们的耳边悄悄告诉他们第一个情感词。要核实一下，确保他们理解这个词的意思，并让他们再悄悄对你说一遍。

3. 让这几个孩子用面部表情表达这种情感，并让全班同学猜这是什么情感。最后，可以把这个词写在黑板上或挂纸上。如果合适，可以做一面情感词汇墙。

4. 在说出答案后，让全班同学用他们自己的方式把这个情感词（无声地）表演出来。之后，问他们自己身体的哪个部位感觉到了这种情绪（例如，当我感到兴奋或惊讶时，我的心脏跳得很快）。

5. 继续做这个活动 2—3 轮，每一轮让不同的同学上前表演。每一轮都写下那个词，并在之后让全班同学无声地表演出来。

6. 最后一轮结束后，让孩子们讨论非语言沟通的不同形式（例如，面部表情、身体语言）。要确保指出，每个学生可能会以不同的方式来表现同一种情绪，这说明了个人的非语言线索的独特性。

7. 要强调尊重和接受这种差异的重要性。还要强调，当我们不知道对方的语言和非语言方式想表达什么时，我们可以请求其澄清。

补充说明：

老师要提出各种各样的情感词（例如兴奋、惊讶、沮丧等），这样，孩子们就能更用心地探索他们是怎么运用面部表情和身体语言来表达这些情绪的。同时，重要的是要考虑与孩子们的年龄相应的发展水平，并向孩子们（尤其是更小的孩子）核实，以确保他们理解这些情感词汇。

如果需要，要在活动开始前讨论一下什么是尊重的课堂行为，以确保每个孩子在他们的同龄人面前表演情绪时感到安全和舒适。

模块 3：触摸

　　正常的触摸是人类生活中不可或缺的一部分。通过触摸，我们表达对他人的爱、喜欢和关心。尽管触摸对于保持健康的关系是必要的，而且通常有很大的治疗价值，但它也可能会让人困惑，并传递混乱的信息。例如，父母会让孩子跟某人亲吻道晚安，即使孩子不想这样。或者给孩子一巴掌，惩罚他打兄弟姐妹。孩子们需要大人帮助他们了解自己对触摸的感受。要强调，只有孩子自己能够确定触摸带给他们什么样的感觉，并且所有的触摸都是可以谈论的。那些知道自己有权利对别人触摸自己进行质疑的孩子，会拥有宝贵的儿童防虐待技能。

　　★在班里大声朗读这个故事。

重要信息

- 触摸没有秘密，我们永远都不应该保守关于触摸的秘密，不管谁要求我们。（要对孩子们说："触摸没有秘密！"）

- 所有的触摸都是可以谈论的——无论何种身体触摸。（要对孩子们说："所有的触摸都是可以谈论的。"）

- 一个孩子的"咦呃"的感觉，是他们的身体在提醒他们要去告诉一个成年人。（要对孩子们说："注意你的'咦呃'的感觉，因为它能保护你。"）
- 每个人自己决定触摸带给他们什么样的感觉。
- 每个人都需要经过请求和／或同意才能触摸。

问题讨论

注意：每个问题的示例答案或提示以楷体标出，供老师参考。这是为了确保涵盖主题的关键信息。

① 你喜欢什么样的触摸？
- 来自亲人的拥抱等。
- 和一个朋友手拉手。

② 你不喜欢什么样的触摸？
- 被推、被踢等。
- 被我不太了解的人触摸。

③ 谁能决定触摸带给你什么样的感觉？
- 只有你自己能决定触摸带给你什么样的感觉。
- 举一些例子：有些人喜欢被拥抱，有些人不喜欢。我们必须尊重每个人对触摸的感觉。仅仅因为我们喜欢拥抱或被拥抱，并不意味着每个人都喜欢。

④ 克莱尔的教练做了什么事情让她感觉奇怪或不舒服？
- 教练夸她漂亮。
- 教练胳肢她。

⑤ 克莱尔对教练摸她是什么感觉？
- 这让克莱尔感觉不舒服，而且她有一种"咦呃"的感觉（描述这种当我们感觉不好的事情发生在我们身上时"咦呃"的感觉或直觉）。

⑥ 不舒服的感觉或者"咦呃"的感觉在你的身体里可能是什么样的？
- 让孩子们描述他们身体的哪个部位以及怎样感受到了这种"咦呃"的感觉。

・要乐于接受每个人的不同回答。

7 克莱尔的教练为什么让她保守触摸的秘密？

・他可能担心自己会惹上麻烦，因为他知道他做了错事。

8 如果克莱尔害怕或者担心告诉别人会怎样？如果触摸的问题没有解决，是克莱尔的错吗？

・不是，即使克莱尔不知道怎么说出发生了什么事情，也不是她的错。教练——不是克莱尔——是那个做错事的人。

・向一个值得信任的成年人寻求帮助永远都不会晚，克莱尔总是可以寻求帮助，即使她没有立即这样做。

9 对于自己对触摸的不舒服的感觉，克莱尔是怎么做的？

・她告诉了她的朋友、她的姐姐和她的妈妈。

10 克莱尔是坚持说出来还是放弃了？

・克莱尔坚持说出来，没有放弃，直到得到了她需要的帮助。

・要强调相信自己的感觉的重要性，以及要坚持清晰、明确地沟通，直到得到你需要的帮助。

11 克莱尔的朋友可以做些什么来帮助她？

・他们可以告诉一个值得信任的成年人来帮助克莱尔。

12 如果有人要求你保守关于触摸的秘密，你该怎么做？

・立刻向一个值得信任的成年人寻求帮助。

13 克莱尔的妈妈对克莱尔需要帮助的请求是怎么回应的？

・她很支持克莱尔，并且告诉克莱尔她很高兴克莱尔告诉了她。

14 如果你告诉的那个人没有帮助你，你应该怎么做？

・告诉另一个成年人，并且一直这样做，直到得到自己需要的帮助。

15 如果你保守了一个关于触摸的秘密，这个触摸的问题会变得更大还是更小？

・很可能会变得更大，因为如果你保守秘密，你就不会得到帮助。

活动：我身体里的感觉

建议年级／年龄范围：1—3 年级（6—9 岁）

活动目标：这个活动的目的是帮助孩子们认识到他们的身体只属于他们自己，他们拥有个人边界不受侵犯的权利，他们是唯一能决定他们想要怎样被触摸以及触摸带给他们什么感觉的人。这个活动为孩子们提供了一个机会，让他们把感受和身体的感觉联系起来，以帮助他们更好地建立身心联系。

所需材料：

壁画纸（数量要足够每个孩子把他们的全身轮廓勾画出来）。

记号笔，彩色铅笔，蜡笔。

铅笔，橡皮擦。

准备时间：10—15 分钟

备齐活动所需的所有材料——每个孩子一张大壁画纸，长度要足够勾画出他们的身体轮廓。

任务时间：两个 45 分钟的课时

课时 1：

介绍这个活动。

给孩子们时间画出他们的身体轮廓。

课时 2：

让孩子们简要地展示一下他们画出的身体轮廓。

主持一次关于触摸和身体的感觉的讨论。

活动描述：

课时 1：

1. 向全班同学说明，他们将要画一个与他们真人一样大小的自画像。

2. 让孩子们两人一组，帮助彼此在壁画纸上描出身体轮廓。一旦他们找好搭档，就把壁画纸发给他们。

3. 当身体轮廓描好后，每个人单独作画并修饰自己的轮廓画。

课时 2：

1. 让孩子们拿上他们的全身轮廓画，围坐成一圈，准备展示和讨论。或者，也可以将画好的作品陈列在教室里，作为一条艺术走廊，让学生们可以四处走动，相互观看作品。

2. 让每个孩子展示他们的身体轮廓画，并谈谈其独特之处。他们还可以指出他们真正喜欢的一个身体部位。当所有孩子都展示完之后，要指出每一幅画都很特别，因为我们的身体是独一无二的，而且只属于我们自己，不属于其他任何人。

3. 和孩子们讨论不同类型的触摸，以及每种触摸会带给他们什么样的感觉。用下面的问题作为指南：

　　√ 谁能决定触摸带给你什么样的感觉？

　　○ 答案：只有你才能决定触摸带给你什么样的感觉。

　　√ 谁能决定怎样触摸我们？

　　○ 答案：只有我们自己能决定我们想怎样被触摸，因为我们的身体不属于其他任何人。

　　√ 如果有人用胳膊搂住你，会让你有什么样的感觉？

　　○ 答案：要允许孩子们给出各种各样的答案，以表明每一个个体对不同类型的触摸会有独特的感觉，而且其他任何人都不能告诉他们应该有怎样的感觉。

　　√ 如果有人用一种让你感觉不舒服的方式触摸你，该怎么办？你能做些什么？

　　○ 答案：把这件事告诉一个你信任的成年人。

　　√ 如果有人触摸你，并告诉你要对这件事保密怎么办？

　　○ 答案：触摸没有秘密。要把发生的事情告诉一个你信任的成年人。

4. 告诉孩子们，你们现在要全班一起讨论身体是怎样体验感觉的。问孩子们，当他们感受到某种确切的情绪时，他们的身体有什么样的感觉。（准备一些孩子们熟悉的例子，包括积极的情绪和消极的情绪。）

5. 让孩子们口头描述一下，然后在他们的身体轮廓图上指出哪个部位感受到了这种感觉。他们可能想在那个区域做个标记，或者在那里写个说明。

　　√ 示例：当你感到兴奋时，你的身体会有什么感觉？你的哪个部位感受到的？

　　○ 可能的回答：我感觉肚子里七上八下。我感觉胸口透不过气。我感觉心跳得很快，等等。

6. 告诉孩子们，当我们经历不同的情绪时，我们会经历不同的身体反应。当发生任何让我们感觉不舒服、恶心或者害怕的触摸时，信任这种"咦呃"的感觉是很重要的。我们需要从一个我们信任的成年人那里得到帮助，并告诉这个人都发生了什么事。

活动延伸：

给孩子们看 YouTube 上关于"孩子的同意"的视频并讨论内容，尤其是关于只有每个人自己能决定怎样被触摸，以及他们对触摸有怎样的感觉。

视频链接：https://www.youtube.com/watch?v=h3nhM9UlJjc. 此视频由插画家瑞秋·布赖恩（Rachel Brian）制作。

补充说明：

根据时间的多少，这个活动可以延长到多于两个课时，以便给孩子们更多时间装饰他们的身体轮廓画，并真正使其变得独一无二，能够代表他们自己。

模块 4：如何寻求帮助

知道如何以及从何处寻求帮助，涉及到识别哪些人可以提供支持和鼓励，并向他们求助。一个支持系统可能包括社会上很多不同的人，比如老师、医生、护士、律师和警察，还可能包括家人、朋友、亲戚和邻居。知道何时到哪里寻求帮助，是所有孩子必备的一项重要技能。在虐待事件中，知道如何得到帮助，对孩子们来说是最重要的事情。对于那些被孩子们告知情况的大人来说，找出妨碍孩子得到帮助的障碍是很重要的。对于孩子们透露的情况，需要以开放和支持的态度给予接纳。

★在班里大声朗读这个故事。

重要信息

- 当一个孩子有一个问题或担心时，重要的是从一个值得信任的成年人那里得到帮助。
- 应该鼓励孩子坚持告诉别人，直到他们得到需要的帮助。（要对孩子们说："要坚持告诉别人，直到你得到你需要的帮助。"）

- 如果一个朋友需要帮助，应该鼓励孩子向一个成年人寻求帮助。（要对孩子们说："如果一个朋友需要帮助，要告诉一个成年人。"）

问题讨论

注意：每个问题的示例答案或提示以楷体标出，供老师参考。这是为了确保涵盖主题的关键信息。

① 约瑟夫在学校遇到了什么麻烦？

- *他的午饭被马丁抢了。他害怕在餐厅吃饭。*

② 约瑟夫最终是怎么得到帮助的？

- *他告诉了校长。*

③ 约瑟夫一开始就直接告诉校长了吗？

- *没有，他委婉地问校长能不能借用文具室的钥匙。*

④ 如果泰特先生没有意识到出了什么问题，约瑟夫可以怎么做？

- *约瑟夫可以尝试更直接地告诉校长发生了什么事，如果他感觉这样做很轻松的话。*
- *他可以尝试告诉另一个值得信任的成年人。*

⑤ 为什么清楚、准确地说出你想说的话很重要？

- *因为这样别人才能理解你需要什么。*
- *这对于得到你所需要的帮助很重要。*

⑥ 约瑟夫得到他需要的帮助了吗？怎么得到的？这是一个好的选择吗？

- *是的，他得到了，通过确切地告诉泰特先生发生了什么。*
- *是的，这是个好的选择，因为这解决了他的问题。*

⑦ 在这个情形中，约瑟夫的朋友能做些什么来帮助他吗？

- *能，他们可以从一个信任的成年人那里为约瑟夫寻求帮助。*
- *他们还可以鼓励约瑟夫从一个信任的成年人那里寻求帮助。*

8 当约瑟夫说出来的时候，他帮助了谁？

· 他帮助了他自己和其他可能有类似问题的孩子。他还帮助了马丁，因为马丁需要一个成年人的支持来弄明白为什么他做出了不好的选择。

9 保护孩子是谁的职责？

· 保护孩子是成年人的职责。

10 *说出你在有问题或担心时会去找的两个成年人。（要提醒学生，由他们来决定他们想向谁寻求帮助。）

· 你可以去找自己的父母或老师。

· 你可以去找信任的叔叔或阿姨。

· 你可以去找一个朋友。

11 你认为我们为什么让你选择两个成年人来寻求帮助？ （还要提到，如果学生们愿意，他们可以选择不止两个成年人。）

· 为防止有一个人找不到或者给不了你需要的帮助，你还有一个备用人选。

12 如果你找的第一个成年人帮不了你，你应该怎么做？

· 去找你信任的另一个成年人，再次寻求帮助。

· 坚持尝试，绝不放弃，直到你得到需要的帮助。

13 如果第二个成年人还是无法帮助你，该怎么办？

· 选择其他人；坚持告诉别人，直到你得到需要的帮助。

*注：对于问题 10，在问孩子们具体会选择哪两个成年人之前，要花点时间帮助他们确定一个他们可以向其寻求帮助的成年人的名单。这对于年龄小的学生可能尤其重要，因为这会给他们提供一个框架。

活动： 告密与告诉

建议年级／年龄范围： 2—3 年级（7—9 岁）

活动目标： 这个活动的目标，是帮助孩子们区分让一个人陷入麻烦的"告密"和为一个人寻求帮助的"告诉"之间的不同。

所需材料：

无。

准备时间： 5 分钟

复习这节课的整个计划，以便熟悉这些情景，或者想出更多情景和全班同学讨论。

任务时间： 30 分钟

介绍"告密"和"告诉"的区别。

探讨并讨论这些情景。

开场讨论：

1. 告诉全班同学，他们将要讨论"告密"和"告诉"之间的区别。问孩子们认为两者的区别是什么，并让几个学生给出答案。

2. 描述"告密"和"告诉"之间的区别：一个人"告密"是为了让某人陷入麻烦，而一个人"告诉"是为了让某人得到帮助。要确保指出，有时候，为了得到帮助的"告诉"确实会让另一个人陷入麻烦，但最重要的事情是你让某个人得到了帮助。

   √举一个有关"告密"和"告诉"看起来什么样的例子。

3. 向孩子们解释，他们将要探讨一些情景，这些情景表现的要么是"告密"，要么是"告诉"。他们可以用坐在座位上代表"告密"，用站起来代表"告诉"。

4. 读一个情景，让孩子们站起来或坐着来代表"告诉"或"告密"，然后问几个学生出于什么原因做出了自己的选择。（根据时间，你可以选择其中的几个情景，不用读完列出的所有情景。）

√ 现在是数学课，老师让大家都做数学作业。你看到有人在看漫画书。如果你因为这个去找老师，这是"告密"还是"告诉"？

√ 你看到有人拿走了所有的积木，即使他们似乎并不需要。如果你跟老师讲了这件事，这是"告密"还是"告诉"？

√ 课间休息的时候，你看到几个孩子在操场上欺负一个小一点的孩子。如果你去跟老师或一个成年人说了这件事，这是"告密"还是"告诉"？

√ 后续问题："如果老师告诉你这不关你的事怎么办？"（回答："为受到伤害的人寻求帮助，是每个人都该做的事！"）

√ 你的朋友伸手去拿玻璃杯，不小心打翻了花瓶，水洒到了地板上。如果你跟老师或一个成年人讲了这件事，这是"告密"还是"告诉"？

√ 你不喜欢你的阿姨拥抱你的方式。如果你跟父母或者你信任的一个成年人讲了这件事，这是"告密"还是"告诉"？

√ 你看到一个大一点的孩子从附近的街角商店偷东西。如果你跟一个成年人讲了这件事，这是"告密"还是"告诉"？

√ 你看到你弟弟在他的房间里扔他的泰迪熊。如果你跟父母讲了这件事，这是"告密"还是"告诉"？

总结讨论：

5. 全班一起决定每个情景是"告密"还是"告诉"。如果最终决定一个情景描述的是"告密"，要让孩子们想出解决问题的另一种方式。

6. 全班同学一起做头脑风暴，想出在某些情景中可以采取的比告密更好的办法，来完成讨论。例如，花点时间想清楚，告发一个同学是"告密"还是为了得到帮助的"告诉"；如果一个同学让你感到困扰，要先和这个同学谈一谈并设法解决问题；如果一个问题真的困扰着你，不要告密，而要让老师来作调解人。

7. 强调在任何你认为一个朋友可能需要帮助的情景中这么做的重要性。要告诉孩子们，他们应该告诉一个可以信任的成年人，并且要坚持告诉别人，直到得到他们需要的帮助。

活动延伸：

    让孩子们选择一个"告密"的情景和一个"告诉"的情景，并在日记或笔记本里写下他们在每个情景中会怎么做，以此作为一项思考活动。

    在小组中，孩子们可以创作他们自己的"告密情景"或"告诉情景"，并将其表演出来，然后和全班一起讨论。

补充说明：

    因为告密和寻求帮助是教室里常有的事情，所以，重要的是，这个活动不能变成一个让孩子们因为告过密而受到羞辱的活动。相反，重点应该是围绕告密行为制定更多积极的惯例，来促进同龄人之间的健康沟通。

    这个活动可能很适合用来建立班集体和班级惯例。

模块 5：做健康的选择

教孩子们如何做出健康的选择，是确保他们能应对困难情形的一项重要任务。孩子们需要机会来练习做一些适合其年龄的决策。当他们知道，在做困难的选择的过程中，他们能够寻求帮助并得到支持，他们就会发展出对自己做决策的能力的信心。当孩子们处于虐待和暴力的危险中时，他们需要知道，他们可以选择从支持他们的成年人那里得到帮助。

★ 在班里大声朗读这个故事。

重要信息

- 在做选择时，花时间把事情想清楚是很重要的。（要对孩子们说："在做选择之前，要停下来，把事情想清楚。"）

- 即使做了一个不好的选择，也可以用一个更好的选择来纠正它。（要对孩子们说："即使你做了一个不好的选择，你总是可以接着做一个更好的选择。"）

- 我们做出的选择会产生积极的后果，也会产生消极的后果，所以，花时间评估我们所做的每一个选择是很重要的。
- 我们做出的选择会对他人产生影响，反之亦然。

问题讨论

注意：每个问题的示例答案或提示以楷体标出，供老师参考。这是为了确保涵盖主题的关键信息。

① 约瑟夫在发现十五美元三十五美分之后，做了什么选择？
   - 他决定把钱留下来，并且分一些给他的朋友德文。

② 这看上去像是一个好的选择还是不好的选择？为什么？
   - 这是一个不好的选择，因为这些钱不属于他。

③ 在做出把钱留下的选择之前，约瑟夫应该想清楚哪些事情？
   - 这些钱属于别人。
   - 丢钱的人会很难过。

④ 在这个故事里，德文纠结的选择是什么？
   - 他在纠结要不要把约瑟夫捡到钱的事情告诉小琳或者老师。

⑤ 当德文在艰难地做选择时，他想到了哪些事情？
   - 如果大家发现约瑟夫留下了钱，约瑟夫会有麻烦。
   - 约瑟夫可能再也不想和德文做朋友。

⑥ 如果德文真的选择告发约瑟夫，这个选择可能会造成的积极后果和消极后果是什么？
   - 德文会因为做了一个正确的选择而感觉很好，小琳会很高兴。
   - 约瑟夫会对他生气。约瑟夫会陷入麻烦。

⑦ 克罗斯比老师清晰地表达了她希望德文怎么做吗？
   - 没有，她留给德文一个白色信封作为暗示，但对她希望德文用这个信封做什么表达得很委婉。

8 她可以怎样更有效地跟德文沟通？

- 她可以向德文解释，因为教室里没人，所以如果他的朋友想把钱留在信封里，没人会知道是谁留的。

9 如果约瑟夫不知道如何解决这个问题，德文可以怎么帮助他？

- 德文可以鼓励他向克罗斯比老师寻求帮助。

- 德文可以陪约瑟夫一起去见克罗斯比老师，并把钱还回去。

10 你曾经不得不做的一些困难选择是什么？你必须想清楚的积极后果和消极后果是什么？你选择了怎么做？

注意：如果孩子们难以想出他们做困难选择的情景，就给他们提供一个可以在全班或小组里讨论的情景。

活动：我们应该怎么做？

建议年级/年龄范围：2—3 年级（7—9 岁）

活动目标：这个活动的目的是让孩子们在熟悉的环境中练习做决策的过程，并做出健康的选择。

所需材料：

讨论中使用的情景页（见活动描述后面建议的"2 年级情景"和"3 年级情景"）。

挂纸和记号笔，用来写下学生们对每个情景的回答。

准备时间：10 分钟

打印好情景页。

备齐上述所有书写材料。

任务时间：40—45 分钟

描述这个活动。

读出每一种情景，并让孩子们对其做出选择。

活动描述：

开场讨论：

1. 提醒大家，我们每天都在做选择，有些可能很容易，而有些会更难。

　　√ 让孩子们想出他们今天做的一些简单的选择。（例如：他们早餐吃了什么，他们喜欢吃什么零食，他们穿什么来上学，等等。）

　　√ 让孩子们想一个他们不得不做的更难的选择。向他们解释，有时候，涉及到我们的朋友或各种其他与人交往情景的选择可能会更难。（例如：解决一场冲突，选择和谁玩，为自己或自己的朋友寻求帮助等。）

　　√ 介绍事实——每一种选择都会带来一种后果，并举一个例子。让孩子们也举出几个选择带来的后果的例子。

活动（包括总结讨论）：

2. 告诉孩子们，你将要给他们读几个情景（3—5 个），他们的任务是帮助你决定在每一个情景中该怎么做。

3. 选一个情景，并读给孩子们听。

    ✓给孩子们 1—2 分钟的时间，让他们跟旁边的一个同学讨论一下这种情景可以做哪些选择。

    ✓让每一对学生分享他们做出的一些选择是什么。将这些选择写在挂纸上。

    ✓对于每一个选择，让孩子们思考其带来的后果。让每对学生讨论后果是什么，并和全班分享。在他们的选择旁边写下他们的回答。

    ✓指出不同的选择会导致不同的后果，有些后果可能是积极的，而另一些后果可能是消极的。

    ✓强调做选择之前先想清楚的重要性。还要指出，做了一个不好的选择之后，总是可以做出一个好的选择。最后，向孩子们强调，当他们不确定在一个情景中该怎么办的时候，他们总是可以向一个成年人寻求帮助。

4. 如果时间允许，重复步骤 3，多讲几个情景。

活动延伸：

    如果适合孩子们的年龄，可以让他们在日记或笔记本里写下自己曾必须做出的一个困难的选择，以及与此选择相关的后果。

补充说明：

    要允许孩子们在回答各种情景时给出各种各样的选择，并注意不要太快说一些选择"好"，另一些"不好"。相反，要鼓励孩子们认真地想清楚每种选择的后果，并引导他们做出更健康的选择。

2 年级情景

你最好的朋友想让你加入一个俱乐部，但你不想加入，因为这个俱乐部里有几个孩子总是惹麻烦。

思考每种选择的所有后果。试着想出一个其他的选择及其后果。

选择	后果
1. 加入俱乐部。	
2. 不加入俱乐部。	
3.	

你知道你喜欢的一个人正在遭受欺凌，但你的朋友让你不要告诉任何人。

思考每种选择的所有后果。试着想出一个其他的选择及其后果。

选择	后果
1. 不告诉任何人。	
2. 告诉你的朋友们。	
3.	

你最好的朋友在课间休息时和另一个学生一起玩，你感觉自己被冷落了。

思考每种选择的所有后果。试着想出一个其他的选择及其后果。

选择	后果
1. 你自己一个人玩。	
2. 你找别人一起玩。	
3.	

你的朋友让你刻薄地对待另一个同学。

思考每种选择的所有后果。试着想出一个其他的选择及其后果。

选择	后果
1. 你照着朋友说的去做。	
2. 你没有照着朋友说的去做。	
3.	

你的朋友问你敢不敢从另一个同学的背包里拿东西。

思考每种选择的所有后果。试着想出一个其他的选择及其后果。

选择	后果
1. 你接受朋友的挑战，从那个背包里拿了东西。	
2. 你没有拿别人背包里的东西。	
3.	

班里来了一位新同学，他想和你一起玩游戏。你的朋友们不想和新同学一起玩。

思考每种选择的所有后果。试着想出一个其他的选择及其后果。

选择	后果
1. 你和新同学一起玩。	
2. 你不和新同学玩，而是和你的朋友们玩。	
3.	

3 年级情景

你最好的朋友想让你加入一个俱乐部，但你不想加入，因为这个俱乐部里有几个孩子总是惹麻烦。

想出 3 种你能做的选择，以及每一种选择的后果。

选择	后果
1.	
2.	
3.	

你知道你的朋友正在被一群孩子欺负，但你的朋友让你不要告诉任何人。

想出 3 种你能做的选择，以及每一种选择的后果。

选择	后果
1.	
2.	
3.	

你最好的朋友在课间休息时和另一个学生一起玩，你感觉自己被冷落了。

想出 3 种你能做的选择，以及每一种选择的后果。

选择	后果
1.	
2.	
3.	

你的朋友让你刻薄地对待另一个同学。

想出 3 种你能做的选择，以及每一种选择的后果。

选择	后果
1.	
2.	
3.	

你的朋友问你敢不敢从另一个同学的背包里拿东西。

想出 3 种你能做的选择，以及每一种选择的后果。

选择	后果
1.	
2.	
3.	

班里来了一位新同学，他想和你一起玩游戏。你的朋友们不想和新同学一起玩。

想出 3 种你能做的选择，以及每一种选择的后果。

选择	后果
1.	
2.	
3.	

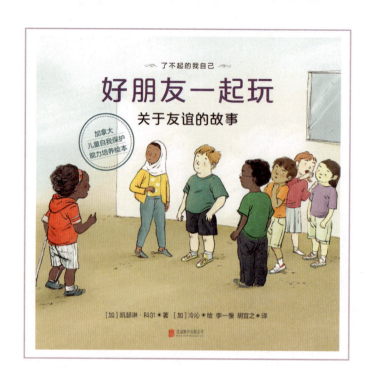

模块 6: 朋友

从婴儿时期开始，我们的幸福感和对环境的适应程度就与我们所建立的关系相互依赖。我们与自己生命中重要的人感觉到的情感连接，对健康成长和个人满足感有重要的影响。对照料者的安全依恋，会给很小的孩子提供一个认知和情感框架，让他们与自己和周围的世界建立联系。通过持续地养育孩子，照料者帮助孩子发展能力、自我价值和自尊。这个框架会在孩子的世界从家里扩展到玩耍场所、学校和与成年人的关系时，帮助孩子与他人建立良好的关系。低自尊的孩子更容易成为被欺凌和虐待的目标。而且，他们自己会更容易变成欺凌者和施虐者。这凸显了增强社交能力、健康的友谊以及在需要时寻求帮助的能力的重要性。

★ 在班里大声朗读这个故事。

注意：在和孩子们讨论朋友时，重要的是要强调，最重要的是朋友的质量，而不是朋友的数量。

- 健康的友谊关系是那种让我们感觉我们可以做自己，并且被我们的朋友接纳和支持的关系，反之亦然。（要对孩子们说："朋友应该让你对自己感觉良好。"）

- 我们应该尊重地、包容地对待我们的朋友，也应该让他们以同样的方式对待我们。（要对孩子们说："尊重你自己，尊重别人。""要按照你希望别人对待你的方式对待别人。"）

问题讨论

注意：每个问题的示例答案或提示以楷体标出，供老师参考。这是为了确保涵盖主题的关键信息。

① 你认为当迪迪的同学不接受她加入任何俱乐部时，她有什么感受？
- 她可能感到难过、生气、伤心、失望等。

② 当迪迪请求加入俱乐部时，她的朋友们本来可以做出哪些更好的选择？
- 小琳可以告诉克莱尔迪迪会有什么感受，并鼓励她接受迪迪加入俱乐部。
- 约瑟夫可以告诉卡马尔要公平竞争，并鼓励他的朋友们接受迪迪。

③ 你认为迪迪是高自尊还是低自尊？你怎么看出来的？
- 似乎是高自尊，因为她没有放弃尝试；她进行了积极的自我对话（见第一个场景，克莱尔说她不擅长远足，迪迪回答说自己擅长尝试）。
- 似乎是高自尊，因为她向一个信任的成年人寻求帮助。

④ 当迪迪的同学拒绝她的时候，她本来可以选择做出哪些回应？
- 她本来可以反过来对他们也很刻薄。
- 她本来可以创办一个不让其他人参加的俱乐部。
- 她本来可以放弃，或者感到生气、难过、孤独等。

⑤ 迪迪选择了怎么回应？
- 迪迪选择了"按照你希望别人对待你的方式对待别人"，她提醒她的同伴们，朋友应该是包容的，并让你对自己感觉良好。

6 通过迪迪做的友谊标牌，她认为积极的友谊应该有哪些品质？

· 应该表现出尊重、善良、接纳他人等。

7 你认为一个好朋友的重要品质是什么？为什么？

· 要允许各种各样的回答和原因。

活动：友谊拼图海报

建议年级／年龄范围：1—3 年级（6—9 岁）

活动目标：这个活动的目的是让孩子们思考成为一个好朋友或导致一段健康友谊的不同因素。每个孩子画一块拼图并在之后以小组为单位将其拼成一张友谊海报的过程，象征着维持良好友谊所需要的个人努力和团队合作。之后，孩子们将在各自的小组展示他们的海报。

所需材料：

硬纸板（每个小组一块，每组 4—5 人）。

记号笔，彩色铅笔，蜡笔。

铅笔，橡皮。

剪刀。

准备时间：15 分钟

备齐所有需要的材料。

提前把每个小组的硬纸板剪成 4—5 块。

任务时间：40—50 分钟

介绍活动。

给孩子们做拼图的时间。

给每个小组展示的时间。

活动描述：

开场讨论：

1. 以全班对友谊的讨论作为开场。让孩子们做头脑风暴，想出成为一个好朋友的不同特点。你可以选择把他们的一些话写在黑板上或挂纸上，以便他们能够在制作海报时参考。

活动：

2. 要说明，全班将以 4—5 人为一个小组制作友谊海报。小组里的每个人都要画出或写出"怎样才是一个好朋友"这个问题的答案，从而完成海报上的一片拼图。当所有拼图都做好后，将会拼在一起，构成一张完整的海报。

3. 将孩子们分成小组，并分发完成海报所需要的材料。

4. 告诉孩子们，在他们开始前，他们作为一个小组要计划一下怎么完成海报。要鼓励每个孩子为"怎样才是一个好朋友"想出一个独特的答案，以便每张海报都有 4—5 个不同的条目。

5. 当孩子们在各自的小组做自己的拼图时，你要到各小组转一转，并根据需要提供建议和反馈。

总结讨论／展示：

　　孩子们一旦完成后，给他们大约 5 分钟时间排练展示他们的海报，然后再将全班召集到一起。让每个小组轮流展示他们海报中的每一块拼图。

活动延伸：

　　孩子们可以选择全班一起承担一个大项目，完成一个主题为"好朋友应该具备的品质"的拼图海报，并且可以将这张海报陈列在走廊里。

　　如果适合孩子们的年龄，可以让他们在日记里或笔记本上写一篇名为"怎样才是一个好朋友"的文章，并从他们自己的经历中举一个例子。

补充说明：

　　要确保讨论中包含"重要信息"：朋友应该让你对自己感觉良好，尊重你，并且应该按照他们希望你对待他们的方式对待你。

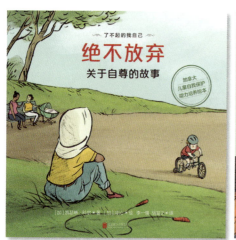

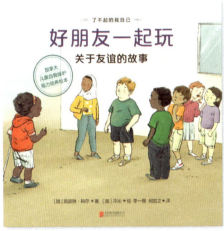

微信公众号　　　　微店

更多信息请关注"天略童书馆"

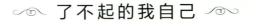

了不起的我自己

好朋友一起玩

关于友谊的故事

加拿大
儿童自我保护
能力培养绘本

［加］凯瑟琳·科尔 ◉著　［加］冷沁 ◉绘　李一慢　胡宜之 ◉译

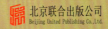

北京联合出版公司
Beijing United Publishing Co.,Ltd.

加拿大儿童自我保护能力培养绘本

了不起的我自己

（全6册）

图书在版编目（CIP）数据

　　好朋友一起玩 ：关于友谊的故事 ／（加）凯瑟琳·
科尔著 ；（加）冷沁绘 ；李一慢，胡宜之译 . — 北京 ：
北京联合出版公司，2021.1
　　（了不起的我自己）
　　ISBN 978-7-5596-4826-6

　　Ⅰ . ①好… Ⅱ . ①凯… ②冷… ③李… ④胡… Ⅲ .
①儿童故事－图画故事－加拿大－现代 Ⅳ . ① I711.85

　　中国版本图书馆 CIP 数据核字 (2020) 第 248136 号

了不起的我自己

著　　者：[加] 凯瑟琳·科尔
绘　　者：[加] 冷沁
译　　者：李一慢 胡宜之
出 品 人：赵红仕
选题策划：北京天略图书有限公司
责任编辑：夏应鹏
特约编辑：钱凯悦
责任校对：杨时二
美术编辑：小虎熊

北京联合出版公司出版
（北京市西城区德外大街 83 号楼 9 层　　100088）
北京联合天畅文化传播公司发行
北京盛通印刷股份有限公司印刷　　新华书店经销
字数 30 千字　　889 毫米 ×1194 毫米　　1/16　　10.5 印张
2021 年 1 月第 1 版　　2021 年 1 月第 1 次印刷
ISBN 978-7-5596-4826-6
定价：120.00 元（全 6 册）

了不起的我自己

好朋友一起玩

关于友谊的故事

［加］凯瑟琳·科尔 ◉著　［加］冷沁 ◉绘

李一慢　胡宜之 ◉译

北京联合出版公司
Beijing United Publishing Co.,Ltd.

"嗨，迪迪，"小琳叫道，"我们要办一个俱乐部。它是……"

"小琳！"克莱尔打断了她，"迪迪不能参加。这是一个远足俱乐部，而……她不太擅长远足。"

"我是不擅长，"迪迪说，"但我擅长尝试。能让我加入吗？我会尽力跟上的。"

"不行，"克莱尔说，"我们的
俱乐部是为能好好走路的人设立
的。你会拖所有人的后腿。来吧，
小琳，我们去找别人。"

小琳看上去感觉很对不起迪迪，但她还是跟着克莱尔走了。

迪迪的感情受了伤害。她确信自己能跟上，但小琳和克莱尔表现得好像是她不够好，不能跟她们一起玩似的。好朋友应该友善相待，而不是刻薄。

谁需要她们和她们那个愚蠢的俱乐部！我有很多朋友。她这么告诉自己。

一帮男孩在旁边围成一圈，吵闹地欢呼着。迪迪走过去，挤进人群。人群中间是德文和肖恩。他们正趴在地上掰手腕。

　　"伙计们，干什么呢？"她问。

"你现在看到的是壮胳膊掰手腕俱乐部的第一次聚会。"卡马尔告诉她。

听起来很有趣。"我在哪里报名？"迪迪问。她可以掰手腕，她因为用拐杖四处走动，所以胳膊很有劲儿。

四周顿时安静下来，德文和肖恩也不再掰手腕了。然后，约瑟夫走上前。"如果你能赢我，"他说，"我们会考虑报名的事。"

迪迪很有信心。她趴在约瑟夫对面的地上，活动了一下肌肉。小菜一碟，她想。

确实！五秒钟后，约瑟夫就被掰倒了。男孩们你看看我，我看看你，不知道该说什么。

最后，卡马尔开口了。"对不起，迪迪，"他说，"但是你不能加入全是*男孩的*壮胳膊掰手腕俱乐部……你是个女孩。"

迪迪掸掉身上的土："你说我是个女孩，你们男孩没有一个能赢我。"

"迪迪，等等……"约瑟夫想叫住要离开的迪迪，但卡马尔阻止了他。

"她会理解的，约瑟夫。我们不想让女孩加入我们的俱乐部。"

约瑟夫看着迪迪远去，然后又回到了人群里。

"一个俱乐部不擅长，另一个俱乐部又太擅长。"迪迪嘟囔着。现在她既伤心又失望。卡马尔从幼儿园起就是她的朋友，他从来没在意过她是个女孩。真正的朋友应该公平竞争。

迪迪试图不去在意被大家排除在外的感觉，但第二天又发生了同样的事！她穿过校园时，看见一群孩子聚在一起。他们看到迪迪，互相低声说了些什么，然后就不说话了。

"怎么了？"迪迪问。

"你不会感兴趣的。"娜迪亚说。

"说来听听。"

　　"我们准备成立一个宠物保姆俱乐部。"肖恩说，"每周我们都会去一个成员的家里，了解他的鱼、猫、狗或仓鼠——无论什么宠物。每个人都会展示他们的宠物，教别人如何照顾它们。要不了多久，我们就会学到很多，等再长大些就可以当宠物保姆了。"

　　"可是我没有宠物。"迪迪说。

　　"所以我们说你不会感兴趣的。"娜迪亚对她说。

　　"我可以学习了解你们的宠物。我仍然可以当宠物保姆。"

　　"不行，必须有宠物才能加入。这是规则。"娜迪亚说。

迪迪简直不敢相信。每个人都有所属——除了她。她感到伤心，特别孤独。有那么一瞬间，她觉得肖恩可能会说些什么，但他没有。

我必须做些什么改变这种局面。迪迪想，朋友不应该把你排除在外，他们应该尽量包容你。

迪迪知道她自己是个很好的
朋友。她帮助卡马尔勇敢面对爬
行动物。

她在小琳丢了给妈妈
买生日礼物的钱时尽力安
慰小琳。

她给肖恩分享了一些技
巧，他才能在体育课上保持
平衡。

她帮娜迪亚摇跳绳，好让每个人都有玩花式跳绳的机会。那时，没有人在乎是否有两条强壮的腿，是男孩还是女孩，有宠物或没宠物——在创办俱乐部之前。

迪迪可以解决这个问题，她只是需要思考。很快，迪迪就有了好主意。

迪迪找到克罗斯比老师，请求使用一些美术用品。"我想做些标牌，"她说，"你能帮我写些字吗？"

克罗斯比老师很好奇。"能吧，"她说，"你能告诉我这是怎么回事吗？"

迪迪跟老师说了俱乐部的事，友谊是如何被破坏的，以及她有多难过。最后，她把自己的计划告诉了克罗斯比老师。

"迪迪！真聪明，"克罗斯比老师说，"当然，我会帮忙的。明天上午课间休息时来找我，我们一起做标牌。"

第二天下午课间休息时，迪迪面前摆着一张小桌子，身后立着一块大牌子，上面写着："友谊！在这里报名！"

孩子们一个接一个地聚了过来。小琳第一个走上前："迪迪，友谊俱乐部是干吗的？谁能加入？"

"哦，你好，小琳，"迪迪说，"实际上，这不是什么俱乐部，只是友谊。它向每个人敞开，你可以有一条腿或两条腿，可以是女孩或男孩，年龄大或年龄小，养一堆宠物或一只都没有。只要你对待别人，就像你希望别人怎么对待你那样，就可以报名。"

"谁会愿意报名参加呢?"小琳问。

"我愿意,"克罗斯比老师说着,从后面走上前来,"听起来很棒。我可以第一个报名吗?"

"当然可以。"迪迪说着,递给她一个便笺簿、一支铅笔和一个小牌子。

"乐于助人,"克罗斯比老师读道,"谢谢迪迪,我会记住的。"

"接下来是我，"小琳说，"很抱歉我之前不是一个很好的朋友，迪迪。"她选择了关心。

"我也是，"约瑟夫一边排队，一边说，"我们没有公平竞争。"

"我第三个。"肖恩接着说，"我不想当宠物保姆。我对毛皮过敏，所以我养了好多鱼。可以给你一些。"

接下来是卡马尔。"我应该记得我们是多么好的朋友，"他说，"现在报名不晚吧？"

迪迪感觉好极了，好朋友的名单越来越长，友谊的标牌一个个被领走了！

她又和朋友们在一起了，克罗斯比老师的
课堂又变得欢乐起来。

写给大人的话

关于建立和维持友谊

　　健康的友谊是儿童支持系统的一部分，拥有良好社交支持的孩子不易遭受霸凌和人际暴力。交朋友和维持友谊是一种可习得的能力，父母们在教孩子如何交朋友方面起着重要的作用。指导孩子培养良好的人际交往技能，例如共情、解决问题、道德推理等，能够帮助他们发展成功的社会关系。

　　帮助孩子发展健康的友谊，父母们可以这样做：

- **谈论感受：** 不带评判地讨论感受——当孩子的所有感受都被认为是正当合理的，孩子才更可能尊重他人的需求。

- **教给交谈技巧：** 练习轮流说话，运用积极倾听的技巧，多用"我句式"[1]表达。

- **鼓励协作游戏：** 当孩子们参与那种指向一个共同目标的活动时，他们能相处得更好，也表现得更宽容。

- **培养共情能力：** 示范你对他人的同情与关怀，跟孩子讨论不同情景中人们可能会有的感受。

- **谈论冲突：** 在所有的人际关系中，观点的不同都是很常见的。孩子可能需要你帮助他应对情绪和解决问题。

- **创造交友环境：** 给孩子提供在不同环境中结交朋友的机会，包括学校、社区及课外活动等。

- **示范尊重：** 尊重他人就是按照你希望别人怎么对待你的方式对待别人。

---

① "我句式"是一种交流方式，是指以"我……"表达自己的感受，而不是指责对方。例如："我感到很生气，我要去冷静一下。"而不是说"你让我大生气了"。——编者注

凯瑟琳·科尔 ⊙ 著

凯瑟琳·科尔在童书领域工作了 45 年，她做过插画师、编辑、设计师和出版人。她的书获得过许多奖项，包括四次加拿大总督文学奖。凯瑟琳还在加拿大 BOOST 儿童保护中心志愿工作了 13 年，为父母们提供危机支持和法律援助，这让她十分了解孩子们每天面临的那些问题。她目前住在多伦多。

冷沁 ⊙ 绘

冷沁是一名设计师和插画家，出生于中国上海，之后移居加拿大。她喜欢描绘孩子们的天真，对童书有着浓厚的热情。曾获得 APALA 最佳绘本奖，入围加拿大总督文学奖。已出中文版作品有《平凡与非凡：简·奥斯丁的故事》《我家添了小宝宝》《过年》等。她和家人一起住在多伦多。